CB040255

O POÇO DOS SANTOS

J. M. Synge

O POÇO DOS SANTOS

Peça em três atos

Organização e introdução
Beatriz Kopschitz Bastos

Tradução
Domingos Nunez

ILUMINURAS

Título original
The Well of the Saints

Capa e projeto gráfico
Eder Cardoso / Iluminuras

Imagem de capa
Poço dos santos, 2023, Samuel Leon

Revisão
Monika Vibeskaia
Iluminuras

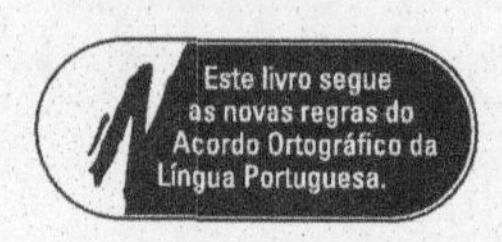
Este livro segue
as novas regras do
Acordo Ortográfico da
Língua Portuguesa.

CIP-BRASIL. CATALOGAÇÃO NA PUBLICAÇÃO
SINDICATO NACIONAL DOS EDITORES DE LIVROS, RJ
S989p

Synge, John Millington

O poço dos santos : peça em três atos / John Millington Synge ; organização e introdução Beatriz Kopschitz Bastos ; tradução Domingos Nunez. - 1. ed. - São Paulo :
Iluminuras, 2023.
116 p. ; 21 cm.

Tradução de: The well of the saints

ISBN 978-65-5519-206-3

1. Teatro irlandês (Literatura). 2. Pessoas com deficiência e artes cênicas. I. Bastos, Beatriz Kopschitz. II. Nunez, Domingos. III. Título.

23-85836 CDD: 828.99152
CDU: 82-2(415)

Gabriela Faray Ferreira Lopes - Bibliotecária - CRB-7/6643

2023
Editora Iluminuras Ltda.
Rua Inácio Pereira da Rocha, 389
05432-011 - São Paulo - SP - Brasil
Tel./ Fax: 55 11 3031-6161
iluminuras@iluminuras.com.br
www.iluminuras.com.br

SUMÁRIO

INTRODUÇÃO

Beatriz Kopschitz Bastos

Personagens com deficiências povoam o teatro irlandês moderno e contemporâneo. Este livro integra um projeto que oferece ao leitor brasileiro uma seleção de peças irlandesas com protagonismo de pessoas com deficiências físicas, traduzidas para o português do Brasil: *O poço dos santos* (*The Well of the Saints*, 1905), de John Millington Synge; *O aleijado de Inishmaan* (*The Cripple of Inishmaan*, 1997), de Martin McDonagh; *Knocknashee, a colina das fadas* (*Knocknashee*, 2002), de Deirdre Kinahan; *Controle manual* (*Override*, 2013), de Stacey Gregg; *Luvas e anéis* (*Rings*, 2010) e *Padrão dominante* (*Mainstream*, 2016), ambas de Rosaleen McDonagh.

O projeto reflete a pesquisa orientada pela prática desenvolvida no Núcleo de Estudos Irlandeses da Universidade Federal de Santa Catarina, em associação com o Humanities Institute de University College Dublin, considerando a representatividade de pessoas com deficiências no teatro. O termo pesquisa orientada pela prática refere-se "à obra de arte como forma de pesquisa e à criação da obra como geradora de entendimentos que podem ser documentados, teorizados e generalizados" (SMITH; DEAN, 2009, p. 7, tradução nossa). O projeto contempla, assim, produções artísticas, além de pesquisa teórica, traduções, publicações e eventos acadêmicos: um ciclo de leituras realizado pela Cia Ludens, companhia de teatro dedicada ao teatro irlandês, dirigida por Domingos Nunez, em parceria com a Escola Superior de Artes Célia Helena, dirigida por Lígia Cortez, e a montagem da peça *Luvas e anéis*, de Rosaleen McDonagh, em tradução de Cristiane Bezerra do Nascimento, pela Cia Ludens, com o SESC São Paulo.

Celebrando 20 anos de fundação em 2023, a Cia Ludens exibe em seu catálogo produções de peças irlandesas traduzidas para o português, uma peça original de autoria de Nunez, ciclos de leituras, peças online, uma instalação sonora e publicações. Desde 2003, a companhia tem se apresentado em São Paulo e viajado em turnê pelo Brasil — e até para a Irlanda!

A Escola Superior de Artes Célia Helena, com mais de 45 anos de história, é reconhecida pela excelência nas artes da cena e pela formação de dramaturgos, diretores e atores para teatro, televisão, cinema e plataformas audiovisuais.

Os objetivos do projeto são: veicular peças irlandesas de excelência artística com o tema do protagonismo de pessoas com deficiências físicas, explorar as diferentes estéticas dramatúrgicas dessas peças e fomentar conexões com o contexto sociocultural do Brasil contemporâneo, contando com a participação de pessoas com deficiências na elaboração das publicações e na realização das produções, na condição de autores, tradutores, diretores, atores e equipe de criação.

A pesquisa teórica privilegiou a crítica sobre teatro e deficiência. A leitura e discussão de textos tratando do tema permitiram um olhar mais abrangente sobre o assunto, para além das peças selecionadas, que possibilitasse a formulação de objetivos específicos, gerando reflexões sobre capacidade, acessibilidade e diversidade funcional.

Kirsty Johnston, em *Disability Theatre and Modern Drama* (2016, p. 35), discute o termo *disability theatre*:

> *Disability theatre* [...] não designa um único padrão, modelo, local, uma única experiência com a deficiência, ou um único meio de produção teatral. Ao contrário, o termo emergiu em conexão com o movimento das artes e cultura que consideram a deficiência [...] na re-imaginação do termo em contextos geográficos, socioeconômicos e culturais diversos. [...] *Disability theatre* busca desestabilizar tradições de performance, primeiro e principalmente, com quem está no teatro, no palco e fora dele (tradução nossa).

No caso do teatro irlandês, Emma Creedon argumenta, no artigo "Disability, Identity, and Early Twentieth-Century Irish Drama" (2020, p. 64), que a representação da deficiência no drama do Renascimento Irlandês do início do século XX "contava tradicionalmente com estruturas de interpretação corporal limitadas a narrativas de representação", com personagens "frequentemente identificados apenas por sua deficiência" — como Homem Cego, Mendigo Manco e Billy Aleijado. Creedon nota ainda que, no período contemporâneo, há "poucos exemplos na Irlanda e, na verdade, internacionalmente, de teatros que busquem atores com deficiências para esses papéis, ou de seleção de elencos que não considerem capacidades" (tradução nossa).

Também Christian O'Reilly, dramaturgo irlandês dedicado ao tema da deficiência em grande parte de sua obra, e o ator com paralisia cerebral, Peter Kearns, em entrevista na RTE (2022), a rede nacional de rádio e TV da Irlanda, apontam para o fato de que há poucos atores profissionais com deficiências na Irlanda, pois eles não recebem treinamento nem oportunidades. A prática no teatro irlandês tem sido selecionar atores não-deficientes para papéis de personagens com deficiências, o que tem gerado debate sobre inclusão e representatividade nas artes. Pode-se ainda acrescentar que há pouco recrutamento de equipe técnica com deficiências e pouca visibilidade do trabalho de dramaturgos com deficiências.

Efetivamente, Rosaleen McDonagh (2014), em entrevista a Katie O'Reilly, comenta sua trajetória como escritora:

> Quando eu estava em Londres, nos anos 1990, assistindo muito a *Disability Arts*, a atração pelo teatro começou. De volta a Dublin, comecei a questionar onde estavam as pessoas com deficiência ou a cultura da deficiência? [...] Foi nesse ponto que comecei a escrever minhas próprias peças em silêncio. Convidava amigos para jantar, enchendo-os de comida e alegria, na esperança de que eles lessem minhas peças. Quinze anos escrevendo em silêncio (tradução de Cristiane Nascimento).

A realidade na Irlanda verifica-se também no Brasil. Assim, o projeto, como um todo, questiona e desafia tradições de dramaturgia e performance calcadas na capacidade física, e as produções se propõem a reimaginar e discutir a deficiência no teatro — "no palco e fora dele" —, em nosso próprio contexto geográfico, cultural e socioeconômico, conforme Kirsty Johnston.

Os conceitos de deficiência destilados por Petra Kupers, em *Theatre and Disability* (2017, p. 6), e as questões formuladas por ela foram diretrizes vitais para a concepção e desenvolvimento da pesquisa orientada pela prática:

> — deficiência como experiência — como podemos centralizar nossa atenção na experiência de pessoas com deficiências, focalizando em o que significa ser diferente?
>
> — deficiência em público — o que acontece quando essa diferença entra no mundo social, e o status minoritário de alguns se torna aparente?
>
> — deficiência como narrativa — o que significa deficiência nas narrativas e palcos da história do teatro?
>
> — deficiência como espetáculo — como pessoas com deficiências — e sem — mobilizam o status singular da deficiência como instrumento de poder? (tradução nossa).

Essas perguntas nortearam parte do trabalho de mapeamento e escolha de peças para o projeto, que busca, justamente, respondê-las. O catálogo de peças selecionadas prevê obras do chamado Renascimento Irlandês do início do século XX, do período de expansão econômica do fim do século XX — em que a Irlanda ficou conhecida como Tigre Celta —, e do século XXI, evidenciando a autoria feminina e de minorias hoje. O recorte temporal também enfatiza a participação de pessoas com deficiências na produção contemporânea e como personagens com deficiências têm sido representados desde a fundação do Abbey Theatre — o Teatro Nacional da Irlanda em Dublin —, em 1904, até o momento atual.

As peças e autores a seguir integram o projeto final.

O poço dos santos (1905), de John Millington Synge (1871-1909), em tradução de Domingos Nunez, fez parte do repertório original do Abbey Theatre. Um estudo tragicômico do conflito entre ilusão e realidade, a peça mostra um casal de idosos cegos, Martin e Mary Doul, no condado de Wicklow, cuja cegueira é temporariamente curada por um "santo" que chega ao local. Desiludido com o milagre da cura, o casal faz uma escolha inesperada. A peça é considerada um trabalho à frente de seu tempo, e o teatro de Synge é, de certa forma, reconhecido como precursor do teatro de Samuel Beckett e Martin McDonagh.

John Millington Synge foi um dos principais dramaturgos do já mencionado Renascimento Irlandês. Nascido no condado de Dublin, Synge fez várias viagens às Ilhas Aran, no remoto oeste da Irlanda, onde coletou material primário para suas peças em inglês, recorrendo a ritmos e sintaxe próprios do irlandês, forjando seu característico dialeto hiberno-inglês para o teatro. Nas palavras de Declan Kiberd (1993, p. xv), "o encantamento mortal do dialeto de Synge é a beleza que existe em tudo o que é precário ou moribundo. [...] Aqueles elementos de sintaxe e imagens trazidos de uma tradição nativa por um povo que continua a pensar em irlandês, mesmo que fale inglês" (tradução nossa). Synge privilegiou o modo tragicômico em sua obra, compondo peças seminais na formação do teatro irlandês moderno e contemporâneo, como *The Shadow of the Glen* (1903), traduzida como *A sombra do desfiladeiro*, por Oswaldino Marques, em 1956; *Riders to the Sea* (1904); *The Tinker's Wedding* (1909); e *The Playboy of the Western World* (1907), traduzida como *O prodígio do mundo ocidental*, por Millôr Fernandes, em 1968.

O aleijado de Inishmaan (1997), de Martin McDonagh (1970-), também em tradução de Domingos Nunez, se passa em 1934, em uma das três Ilhas Aran: Inishmaan. Os habitantes da ilha ficam sabendo que o diretor de cinema americano, Robert Flaherty, chegará à ilha vizinha, Inishmore, para filmar o documentário *Man of Aran*. Billy, rapaz órfão com deficiência física, chamado pelos habitantes da ilha de Aleijado Billy, decide se candidatar a figurante no filme. Billy consegue ir para Hollywood com a equipe de filmagem, mas apenas para descobrir que tudo seria bem diferente de seu sonho. Sua volta para a ilha também guarda surpresas devastadoras. Muito característicos do teatro de Martin McDonagh, elementos de violência e humor ácido destacam-se na peça.

Martin McDonagh é um premiado dramaturgo, roteirista, produtor e diretor nascido em Londres, filho de pais irlandeses. Seu material dramático, entretanto, é de inspiração irlandesa, principalmente. Suas peças mais conhecidas, de grande sucesso internacional, são as que compõem a chamada trilogia de Leenane — *The Beauty Queen of Leenane* (1996), traduzida como *A Rainha da Beleza de Leenane*, produzida no Brasil em 1999, *A Skull in Connemara* (1997) e *The Lonesome West* (1997) — e as peças da trilogia das Ilhas Aran — *The Cripple of Inishmaan* e *The Lieutenant of Inishmore* (2001). A terceira obra da trilogia de Aran foi produzida como filme em 2022: o premiado *Os Banshees de Inisherin*. Conforme já assinalado, o teatro de Martin McDonagh, considerado provocativo e controverso, caracteriza-se pelo uso de violência e crueldade física e psicológica. A exemplo de Synge, McDonagh também costuma privilegiar o tragicômico e o uso do hiberno-inglês. Para Patrick Lonergan (2012, p. xvi), a obra de McDonagh "tem atravessado fronteiras nacionais e culturais sem esforço, o que o torna um dramaturgo verdadeiramente global" (tradução nossa).

Knocknashee, a colina das fadas, de Deirdre Kinahan (1968-), em tradução de Beatriz Kopschitz Bastos e Lúcia K. X. Bastos, se passa em um lugar fictício chamado Knocknashee, no condado de Meath. Patrick Annan, artista em cadeira de rodas, Bridgid Carey, personagem em um programa de reabilitação para dependentes químicos, e Hugh Dolan, personagem com questões relacionadas à saúde mental ligadas a seu passado, encontram-se por ocasião da tradicional festividade da Véspera de Maio, em cuja noite, supostamente, um portal mítico para o mundo das fadas se abre. Patrick acredita poder passar para esse outro mundo naquela noite. Quando confrontado por Bridgid sobre seus motivos para desejar essa passagem, ele a surpreende com sua visão acerca da deficiência física. Uma das peças menos conhecidas de Deirdre Kinahan, ainda não publicada no original em inglês, *Knocknashee* trata a questão da deficiência com respeito, além de abordar tradições irlandesas, bem como outros temas caros à autora.

Deirdre Kinahan, dramaturga nascida em Dublin, é membro da Aosdána, prestigiada associação de artistas irlandeses. Kinahan emergiu na cena teatral irlandesa no início dos anos 2000 como uma voz original e marcante, com peças consideradas experimentais. Sua obra compreende temas como drogas, prostituição, saúde mental e envelhecimento, além de relações familiares marcadas por traumas e culpas, quase sempre, entretanto, "levando a uma nota positiva no fim, ou, pelo menos, que permita à plateia imaginar que alguma mudança para melhor [...] seja possível", conforme aponta Mária Kurdi (2022, p. 2, tradução nossa). Dentre suas peças mais recentes, destacam-se *Halcyon Days* (2013), *Spinning* (2014), *Rathmines Road* (2018), *Embargo* (2020) e *The Saviour* (2021). Em 2023, *An Old Song, Half Forgotten* estreou no Abbey Theatre com grande aclamação da crítica e do público.

Controle manual (2013), de Stacey Gregg, em tradução de Alinne Balduino P. Fernandes, retrata um casal de jovens, Mark e Violet, em uma época em que o uso excessivo de tecnologia para corrigir imperfeições e deficiências físicas, ou simplesmente para aprimorar habilidades físicas, tornou-se prática possível e normal. O casal, entretanto, tenta resistir a esse fenômeno e à sociedade que o aprova e facilita. Enquanto esperam o nascimento de seu primeiro filho, surgem revelações inesperadas e comprometedoras, que ameaçam seu mundo, corpos e relacionamento perfeitos. "Quando o casal começa a desvendar seus segredos, há um sentimento de tristeza, mas também de alívio, por serem capazes de finalmente exteriorizar a verdade, cada um a partir da sua perspectiva" (tradução nossa), de acordo com Melina Savi e Alinne Fernandes (2023, p. 146). Uma distopia instigante, *Controle manual* convida espectadores e leitores a refletir sobre o que significa ser humano e sobre a perfeição humana em si.

Stacey Gregg (1983-) é uma dramaturga, roteirista e diretora norte-irlandesa que atua no teatro, cinema e televisão. Sua obra levanta temas como tecnologia, robótica, pornografia, gênero e a história conturbada de sua cidade natal, Belfast. Seus filmes mais recentes incluem os longas

Ballywater (2022, roteiro) e *Here Before* (2021, roteiro e direção); os curtas *Mercy* (2018, roteiro e direção) e *Brexit Shorts: Your Ma's a Hard Brexit* (2017, roteiro). Seu trabalho para o palco mais recente compreende as peças *Scorch* (2015); *Shibolleth* (2015); *Lagan* (2011) e *Perve* (2011).

Luvas e anéis (2012), de Rosaleen McDonagh (1967-), em tradução de Cristiane Bezerra do Nascimento, tem como personagem central Norah, pugilista surda, membro da comunidade da minoria étnica dos *Travellers* — os nômades irlandeses —, que expressa seus pensamentos por meio da Língua Brasileira de Sinais. Ela divide a cena com o Pai que, não sabendo usar a linguagem da filha, se expressa por meio da fala. Construído pelos monólogos da filha e do pai, o dilema da peça está na decisão de Norah sobre seu próprio destino. O texto aborda temas como deficiência física, feminismo e inclusão social.

Padrão dominante (2016), também de Rosaleen McDonagh e em tradução de Cristiane Nascimento, retrata um grupo de amigos, da comunidade *traveller*, que cresceram em lares para pessoas com deficiências e ajudam uns aos outros em sua vida adulta. Enquanto respondem a perguntas, em frente a uma câmera, para um documentário feito por uma jornalista com deficiência, questões complexas vêm à tona. McDonagh, de acordo com Melania Terrazas (2019, p. 168), "usa a retórica da sátira, particularmente ironia, paródia e humor, para problematizar o próprio processo de escrita a fim de desconstruir ideias estagnadas sobre os *Travellers* irlandeses, com especial atenção às mulheres" (tradução nossa) e, acrescento, às pessoas com deficiências.

Rosaleen McDonagh é uma escritora pertencente à minoria étnica *traveller*, nascida com paralisia cerebral, em Sligo.

Ela também faz parte da Aosdána e, por dez anos, trabalhou no Pavee Point Traveller and Roma Centre, no programa de prevenção à violência contra a mulher, cujo conselho ainda compõe. Sua obra para o teatro e rádio, bem como sua coletânea de ensaios, *Unsettled* (2020), versa sobre feminismo, deficiência e inclusão social.

Observa-se que algumas peças e autores bastante relevantes não compõem o *corpus selecionado*: peças de autoria de William Butler Yeats, como, por exemplo, *On Baile's Strand* (1904), *The Cat and the Moon* (1931) e *The Death of Cuchulain* (1939), pois optamos por privilegiar o trabalho de John Millingon Synge, dentre os dramaturgos do chamado Renascimento Irlandês; *The Silver Tassie* (1928), de Sean O'Casey, peça sobre a Primeira Guerra, que se tornou inviável devido à dificuldade de obtenção de direitos autorais; *Molly Sweney* (1994), de Brian Friel, peça fundamental sobre a cegueira, mas cujo autor já teve sua obra bastante explorada pela Cia Ludens; e a obra de Samuel Beckett, por já ser bastante conhecida no Brasil. Cabe ressaltar que o projeto busca, dentro do possível, também o ineditismo. *No Magic Pill*, peça de 2022 sobre a vida do ativista irlandês com deficiência, Martin Naughton, escrita por Christian O'Reilly, também não foi incluída, por uma questão de tempo hábil.

O ineditismo e significância do projeto residem em discutir a proeminência de pessoas com deficiências físicas no teatro moderno e contemporâneo irlandês, além de sua participação efetiva como agentes de mudança em projetos teatrais e artísticos na Irlanda e no Brasil. A seleção de peças mostra a evolução gradual e o comprometimento dos dramaturgos com o tema, bem como o crescimento da participação de vozes femininas, de minorias étnicas e de pessoas com deficiências — todas extremamente originais na abordagem da questão.

O projeto apresenta peças do vibrante catálogo da dramaturgia irlandesa inéditas no Brasil e visa contribuir para o debate sobre a representatividade de pessoas com deficiências físicas no teatro contemporâneo e no mercado de produção artística. Afinal, conforme aponta Elizabeth Grubgeld em *Disability and Life Writing in Post-Independent Ireland* (2020, p. 17), "as origens da deficiência não estão exclusivamente no corpo; deficiência física não é equivalente à tragédia; [...] e o mais importante, deficiência é social, política, econômica, geográfica — nunca simplesmente questão pessoal" (tradução nossa). Promover esse tipo e grau de conscientização constitui, de fato, o objetivo precípuo do projeto e das publicações.

O projeto e as publicações contam com apoio do *Emigrant Support Programme*, do Governo da Irlanda, e do Consulado Geral da Irlanda em São Paulo.

REFERÊNCIAS

CREEDON, Emma. Disability, Identity, and Early Twentieth-Century Irish Drama. *Irish University Review,* n. 50, v. 1, 2020, p. 55-66.

GREGG, Stacey. *Override*. London: Nick Hern Books, 2013.

GRUBGELD, Elizabeth. *Disability and Life Writing in Post-Independence Ireland*. London: Palgrave Macmillan, 2020.

JOHNSTON, Kirsty. *Disability Theatre and Modern Drama*. Londres: Bloomsbury Methuen Drama, 2016.

KEARNS, Peter. *No Magic Pill: thinking differently about disability on the stage*. Entrevista concedida a Christian O'Reilly. RTE, 21 set., 2022. <https://www.rte.ie/culture/2022/0921/1323352-no-magic-pill-thinking-differently-about-disability-on-the-stage/>

KIBERD, Declan. *Synge and the Irish Language*. 2ed. London: The Macmillan Press, 1993.

KINAHAN, Deirdre. *Knocknashee*. 2002. PDF.

KUPERS, Petra. *Theatre and Disability*. London: Palgrave, 2017.

KURDI, Mária. Introduction. *In: 'I love craft. I love the word': The Theatre of Deirdre Kinahan*. Ed. Lisa Fitzpatrick e Mária Kurdi. Oxford: Carysfort Press / Peter Lang, 2022, p. 1-7.

LONERGAN, Patrick. *The Theatre and Films of Martin McDonagh*. London: Bloomsbury Methuen Drama, 2012.

MCDONAGH, Martin. *The Cripple of Inishmaan*. New York: Vintage International, 1998.

MCDONAGH, Rosaleen. *Rings*. *In*: MCIVOR, Charlotte; SPANGLER, Matthew. *Staging Intercultural Ireland: New Plays and Practitioner Perspectives*. Cork: Cork University Press, 2014, p. 305-318.

_____. *Mainstream*. London: Bloomsbury Methuen Drama, 2016.

_____. *20 questions ... Rosaleen McDonagh*. Entrevista concedida a Kaite O'Reilly. www.kaiteoreilly.com, 17 set., 2013. <https://kaiteoreilly.wordpress.com/2013/09/17/20-questions-rosaleen-mcdonagh/>

SAVI, Melina; FERNANDES, Alinne. "You're like a vegetarian in leather shoes": Cognitive Disconnect and Ecogrief in Stacey Gregg's Override. *Estudios Irlandeses,* n. 18, 2023, pp. 137-147. <https://doi.org/10.24162/EI2023-11472>

SYNGE, J. M. *The Well of the Saints. In*: _____. *Collected Works III. Plays Book I*. Gerrards Cross: Colin Smythe, 1988, p. 69-131.

TERRAZAS, Melania. Formal Experimentation as Social Commitment: Irish Traveller Women's Representations in Literature and on Screen. *Revista Canaria de Estudios Ingleses*, v. 79, 2019, pp. 161-180.

O POÇO DOS SANTOS

PERSONAGENS

MARTIN DOUL, um mendigo
cego castigado pelo tempo.

MARY DOUL, sua esposa, uma mulher
feia castigada pelo tempo, também
cega, perto dos cinquenta anos.

TIMMY, um ferreiro de meia idade,
quase velho, mas vigoroso.

MOLLY BYRNE, uma garota
atraente de cabelos claros.

BRIDE, outra linda garota.

MAT SIMON

PATCH VERMELHO

O SANTO, um frade andarilho.

OUTRAS GAROTAS e HOMENS

CENÁRIO

Algum distrito montanhoso isolado no leste da Irlanda, um ou dois séculos atrás. O primeiro ato se passa no outono; o segundo próximo do final do inverno; e o terceiro no início da primavera.

ATO UM

A beira de uma estrada com pedras grandes, etc. à direita; um muro baixo e instável ao fundo com um vão próximo do centro; à esquerda a soleira em ruínas de uma igreja com arbustos dos lados. MARTIN DOUL e MARY DOUL entram tateando pela esquerda e se dirigem para as pedras à direita onde eles se sentam.

MARY DOUL Em que lugar estamos agora, Martin Doul?

MARTIN DOUL Passando pelo vão.

MARY DOUL *(levantando a cabeça)* Tão longe assim! Bem, o sol está parecendo mais quente no dia de hoje, se é que estamos mesmo no fim do outono.

MARTIN DOUL *(estendendo as mãos para o sol)* Como não estaria mais quente, se ele está alcançando o sul lá em cima? Você demorou demais pra trançar esse cabelo amarelo que nos fez perder a manhã inteira, e as pessoas passaram por aqui rumo à feira de Clash.

MARY DOUL Quando eles estão indo pra feira levando seu gado, com uma ninhada de porcos talvez guinchando em suas carroças, eles nunca nos dão absolutamente nada. *(Ela se senta.)* E você sabe disso muito bem, mas tem que ficar aí falando.

MARTIN DOUL *(sentando-se ao lado dela e começando a cortar em tiras os juncos que ela lhe entrega)* Se eu não falar vou estar esgotado daqui a pouco ouvindo você tagarelar, que Deus tenha misericórdia de você, porque você tem uma voz de taquara rachada bem esquisita pra uma mulher com fisionomia deslumbrante.

MARY DOUL Quem não teria uma voz de taquara rachada sentado aqui fora o ano inteiro com a chuva caindo? É uma vida ruim pra voz, Martin Doul, mas eu ouvi dizer que não existe nada como o vento úmido que sopra do sul sobre nós pra manter uma pele branca e maravilhosa — como é a pele do meu pescoço e da minha testa, e não existe absolutamente nada como uma pele deslumbrante pra conferir esplendor a uma mulher.

MARTIN DOUL *(provocativamente, mas com bom humor)* Fico pensando, quando sobra tempo, que não sabemos exatamente como é o seu esplendor, ou fico me perguntando, talvez, se você tem mesmo algum, porque no tempo em que eu era um jovem rapaz e tinha boa visão, eram aquelas com vozes doces que tinham as melhores caras.

MARY DOUL Não fique aí com esse tipo de conversa quando você já ouviu o ferreiro Timmy e o Mat Simon e o Patch Vermelho e uma infinidade de outros além deles dizendo coisas incríveis sobre o meu rosto, e você sabe perfeitamente que eles me chamavam em Ballinatone de “a mulher maravilhosa que vive na escuridão”.

MARTIN DOUL *(como antes)* Se eu ouvi bem mesmo o que a Molly Byrne estava dizendo no cair da noite era que você não passava de um tribufu.

MARY DOUL *(asperamente)* Ela é uma invejosa, que Deus tenha piedade dela, porque o ferreiro Timmy ficou elogiando o meu cabelo...

MARTIN DOUL *(com ironia simulada)* Invejosa!

MARY DOUL Invejosa sim, Martin Doul, e mesmo que ela não fosse, as jovens e tolas estão sempre fazendo de bobos aqueles que não enxergam, e acham uma coisa incrível se conseguem nos enganar, pra que a gente fique afinal sem saber o quanto é atraente. *(Ela coloca a mão sobre o rosto com um gesto complacente e ajeita o cabelo para trás com as mãos.)*

MARTIN DOUL *(um pouco melancolicamente)* Fico pensando nas noites longas se não seria uma coisa magnífica se pudéssemos nos ver por uma hora, ou mesmo por um minuto, pra gente saber com toda certeza se é o homem mais deslumbrante e a mulher mais deslumbrante destes sete condados do leste... *(Amarguradamente.)* E então essa gentalha lá embaixo que enxerga poderia destruir a própria alma contando mentiras perversas e a gente não ia dar ouvidos pra nada do que eles dizem.

MARY DOUL Se você não fosse um tremendo imbecil não ia dar ouvidos pra eles nem agora, Martin Doul, porque eles são uma cambada de perversos esses aí com seus olhos sãos, e toda vez que eles enxergam uma coisa magnífica, eles têm grande satisfação em fazer de conta que não enxergaram absolutamente nada, e ficam contando mentiras idiotas, como as que a Molly Byrne contou pra você.

MARTIN DOUL Se são mentiras que ela contou, ela tem uma voz doce e maravilhosa que a gente nunca se cansa de ouvir, mesmo que ela estivesse apenas chamando o porco ou gritando com suas galinhas, talvez, na grama crescida... *(Falando com um ar pensativo.)* Fico aqui pensando que ela deve ser uma mulher deslumbrante, macia e roliça pra ter uma voz como aquela.

MARY DOUL *(asperamente outra vez, escandalizada)* Não fique aí se importando se ela é uma tábua ou se é roliça, pois ela é uma mulher leviana e ridícula que a gente consegue ouvir quando está a léguas de distância, rindo e fazendo um barulho enorme lá no poço.

MARTIN DOUL E rir não é uma coisa boa quando uma mulher é jovem?

MARY DOUL *(amarguradamente)* Uma coisa boa, é? Uma coisa boa ouvir uma mulher zurrando uma risada escandalosa como aquela? Ah, mas ela é extraordinária pra atrair os homens, e a gente ouve até mesmo o Timmy, quando ele está sentado lá na forja dele, ficar extremamente mexido sempre que ela chega caminhando de Grianan; a gente escuta o que vira a respiração dele e como ele começa a torcer as mãos.

MARTIN DOUL *(ligeiramente irritado)* Eu já ouvi ele dizer uma infinidade de vezes que ela não é absolutamente nada disso quando você enxerga ela do seu lado, e mesmo assim eu nunca ouvi a respiração de nenhum homem ficar inquieta quando ele está olhando pra você.

MARY DOUL Eu não sou como essas garotas que ficam circulando pelas estradas, balançando as pernas e espichando o pescoço pra olhar para os homens... Ah, existe uma infinidade de safadezas andando pelo mundo Martin Doul, entre elas as dessas aí que ficam zanzando à toa, com seus olhos bem abertos e suas palavras doces, e elas não têm absolutamente juízo nenhum.

MARTIN DOUL *(tristonhamente)* Isso é verdade, talvez, e mesmo assim me disseram que é uma coisa magnífica ver uma garota jovem andando pela estrada.

MARY DOUL Você seria tão perverso como todos os outros se tivesse sua visão, e eu fiz muito bem, com certeza, em não me casar com um homem que enxerga — dezenas deles teriam me aceitado e me dado boas-vindas — porque aqueles que enxergam são uma cambada de esquisitos, e a gente nunca sabe as coisas que eles podem fazer.

Um momento de pausa.

MARTIN DOUL *(escutando)* Tem alguém vindo pela estrada.

MARY DOUL Esconda tudo que temos da vista deles, ou vão colocar os olhos de espiões que eles têm em cima do que é nosso, e dizer que estamos ricos, não deixando absolutamente nada pra nós.

Eles afastam os juncos. O ferreiro TIMMY entra pela esquerda.

MARTIN DOUL *(com uma voz de pedinte)* Dê uma moedinha de prata para o cego Martin, Excelência. Dê uma moedinha de prata, ou mesmo um centavo[1] de cobre e pediremos a Deus que abençoe você e o seu caminho.

TIMMY *(parando diante deles)* E você que deu a entender um tempo atrás que reconhecia o meu passo! *(Ele senta-se.)*

MARTIN DOUL *(com sua voz natural)* Eu reconheço quando a Molly Byrne vem caminhando na frente, ou quando ela ficou, talvez, uma légua e meia pra trás, mas poucas vezes eu ouvi você caminhando deste jeito, como se tivesse se deparado com alguma coisa que não estava certa enquanto você vinha pela estrada.

TIMMY *(acalorado e ofegante, enxugando seu rosto)* Você tem bons ouvidos, que Deus te abençoe, mesmo que você

[1] "Penny", no texto original. Unidade monetária que corresponde à centésima parte de uma libra esterlina. Moedas deste valor são geralmente feitas de cobre.

seja um mentiroso, porque eu vim caminhando com muita pressa depois de ter ouvido maravilhas na feira.

MARTIN DOUL *(com bastante desdém)* Você está sempre ouvindo coisas fantásticas e esquisitas quando um monte de gente não ouve absolutamente nada, mas eu acho que desta vez é com certeza uma coisa estranha você vir caminhando pra cá antes do final do dia, e não ter ficado lá embaixo esperando pra assistir eles saltando, ou dançando, ou fazendo encenações sobre o gramado de Clash.

TIMMY *(ofendido)* Eu estava vindo pra te contar que daqui a pouco neste lugar vai acontecer um milagre tão grandioso *(MARTIN DOUL para de trabalhar e olha para ele.)* como jamais foi visto sobre o gramado de Clash, ou mesmo na vastidão de Leinster, mas você está aí pensando, talvez, que é um sujeitinho esperto demais pra me dar qualquer atenção.

MARTIN DOUL *(divertindo-se, mas incrédulo)* Milagres vão acontecer neste lugar, é?

TIMMY Aqui mesmo, no cruzamento das estradas.

MARTIN DOUL Nunca ouvi dizer que qualquer coisa tenha acontecido neste lugar desde a noite em que assassinaram aquele sujeito velho que estava indo pra casa com seu ouro, que Deus seja misericordioso com ele, e jogaram o seu cadáver no brejo. Não permita que esta noite eles façam uma coisa dessas, porque temos o direito de ficar neste cruzamento de estradas, e não queremos nenhuma de suas gracinhas perversas, ou de seus milagres, porque já basta o milagre que somos nós.

TIMMY Se me desse na telha eu iria te contar sobre um verdadeiro milagre no dia de hoje, e de como você está na iminência de ter uma grande alegria, talvez, mas você com certeza não está raciocinando.

MARTIN DOUL *(interessado)* Eles vão colocar um alambique aqui atrás das rochas? Seria uma coisa magnífica se eu tivesse um golinho à mão, de modo que eu não ia ter que ficar me acabando por aí, tateando pelos brejos afora com a chuva caindo.

TIMMY *(ainda taciturnamente)* Não é um alambique que eles estão trazendo, nem nada parecido com isso.

MARY DOUL *(persuasivamente para TIMMY)* Talvez eles vão enforcar um ladrão no pedaço de árvore ali em cima? Alguém me disse que é uma visão extraordinária olhar para um homem pendurado pelo pescoço, mas que alegria isso poderia nos trazer se não vamos enxergar absolutamente nada?

TIMMY *(mais simpaticamente)* Eles não vão enforcar ninguém no dia de hoje, Mary Doul, e mesmo assim com a ajuda de Deus, você vai enxergar uma infinidade de enforcados antes de morrer.

MARY DOUL Mas que conversa esquisita e mentirosa é essa... De que jeito eu iria enxergar uma infinidade de enforcados quando eu sou uma mulher que vive no escuro desde os sete anos de idade?

TIMMY Você já ouviu falar de um lugar cruzando um pedaço do mar, onde existe uma ilha e o túmulo dos quatro santos maravilhosos?

MARY DOUL Eu ouvi pessoas do oeste que andaram por lá falando sobre isso.

TIMMY *(expressivamente)* Atrás deste lugar, me contaram, existe um poço esverdeado por samambaias, e se você colocar uma gota da água que verte dele nos olhos de um homem cego, vai fazer com que ele enxergue tão bem quanto qualquer outra pessoa que caminha pelo mundo.

MARTIN DOUL *(com excitação)* Isso é verdade, Timmy? Eu acho que você está contando uma mentira.

TIMMY *(rispidamente)* Esta é a verdade, Martin Doul, e pode acreditar nela agora, porque você está prestes a acreditar em uma infinidade de coisas que não eram absolutamente prováveis.

MARY DOUL Talvez a gente pudesse mandar um rapaz jovem ir buscar a água pra nós. Posso lavar uma garrafa de meio litro pela manhã, e acho que o Patch Vermelho poderia ir até lá se a gente desse uma boa bebida pra ele e o pouquinho de dinheiro que temos escondido no telhado de palha.

TIMMY Não adiantaria de nada mandar um pecador igual a nós, pois me disseram que a santidade da água fica maculada pela safadeza dos nossos corações no momento em que a gente está transportando ela, e olhando em volta para as garotas, talvez, ou tomando um golinho em algum alambique.

MARTIN DOUL *(desapontado)* Seria um caminho longo e terrível pra gente percorrer, mas fico pensando que um milagre é o que afinal iria nos trazer alguma pequena alegria.

TIMMY *(voltando-se para ele com impaciência)* O que você quer com esta caminhada? Além de cego está ficando surdo, se você acabou de me ouvir dizer que vai ser neste lugar que o milagre vai acontecer.

MARTIN DOUL *(em um acesso de raiva)* Sendo assim, você poderia abrir essa sua boca grande cheia de baba e dizer de que jeito a coisa vai acontecer, ao invés de ficar aí falando bobagens até o cair da noite?

TIMMY *(erguendo-se em um salto)* Estou indo embora agora *(MARY DOUL levanta-se)*, e não vou ficar aqui perdendo tempo tentando ter uma conversa civilizada com alguém como você.

MARY DOUL (*colocando-se de pé, disfarçando sua impaciência*) Venha até aqui pra perto de mim Timmy, e não dê mais atenção pra ele. (*TIMMY para, e ela vai tateando até ele e o segura pelo casaco*)... Você não está ofendido comigo, então me conte a história inteira e pare de ficar aí me engambelando... Foi você mesmo quem trouxe a água pra nós?

TIMMY Claro que não.

MARY DOUL Então conte pra nós sobre o seu milagre, Timmy... Quem é afinal a pessoa que vai trazer esta água?

TIMMY (*abrandando*) É um homem bondoso e santificado quem está trazendo a água, um santo de Deus Todo Poderoso.

MARY DOUL (*impressionada*) Um santo, é?

TIMMY Sim, um santo dos bons que está percorrendo as igrejas da Irlanda com um manto longo sobre ele e os pés descalços, é ele quem está trazendo pendurado a tiracolo um pouquinho desta água, e, sendo alguém como ele, qualquer gotinha é suficiente pra curar quem está morrendo ou fazer com que os cegos voltem a enxergar tão nitidamente quanto os falcões cinzentos navegando pelo céu lá no alto em um dia calmo.

MARTIN DOUL *(apalpando em busca de seu bastão)* Em que lugar ele está Timmy? Eu vou me encontrar com ele agora mesmo.

TIMMY Fique quieto aí, Martin. Ele está vagando pelos arredores fazendo orações nas igrejas e nas cruzes altas, entre este lugar e as colinas, e tem uma porção de gente vindo atrás dele — porque são orações das boas que ele está fazendo, e também está jejuando, a ponto de parecer tão magro quanto um desses juncos ocos que você tem aí sobre o seu joelho — então ele está prestes a vir pra este lugar pra curar vocês dois, acabamos de indicar pra ele o caminho até vocês e esta igreja, onde ele poderá fazer suas orações.

MARTIN DOUL *(voltando-se subitamente para MARY DOUL)* E nós vamos nos ver no dia de hoje. Oh, Deus seja louvado, isso é mesmo verdade?

MARY DOUL *(muito satisfeita, para TIMMY)* Talvez eu tenha tempo de descer pra pegar o xale grande que eu tenho lá embaixo, porque eu fico muito bonita, ouvi dizer, quando estou com ele enrolado na minha cabeça.

TIMMY Claro que você tem tempo de...

MARTIN DOUL *(escutando)* Silêncio agora... Estou ouvindo novamente pessoas vindo pela encosta do riacho.

TIMMY *(olhando para a esquerda, intrigado)* São as garotas que eu deixei seguindo o santo... Elas estão vindo pra cá agora *(dirige-se para a entrada)* carregando coisas nas mãos, e elas caminham com uma naturalidade como se a gente estivesse vendo uma criança caminhando com uma dúzia de ovos escondida no babador.

MARTIN DOUL *(escutando)* É a Molly Byrne, eu acho.

MOLLY BYRNE e BRIDE entram pela esquerda e cruzam o espaço até MARTIN DOUL carregando uma latinha com água, o sino do SANTO e o manto.

MOLLY BYRNE *(eloquentemente)* Que Deus te abençoe, Martin. Eu tenho aqui a água benta do túmulo dos quatro santos do oeste que vai te curar daqui a pouco, e você vai enxergar como nós...

TIMMY *(cruzando o espaço até MOLLY BYRNE e a interrompendo)* Ele já ouviu isso, que Deus te proteja. Mas onde está o santo afinal, e que caminho ele tomou depois de confiar a água benta a alguém como você?

MOLLY BYRNE Ele estava com medo de ir muito longe com as nuvens se formando logo ali, então adentrou agora pela mata espessa pra fazer uma prece nas cruzes de Grianan, e está vindo por esta estrada pra chegar aqui na igreja.

TIMMY (*ainda surpreso*) E ele acabou de deixar a água benta com vocês duas? Sem dúvida que é de se admirar. (*Desce um pouco para a esquerda.*)

MOLLY BYRNE Os rapazes disseram pra ele que nenhuma pessoa conseguiria carregar estas coisas pelos espinheiros e as rochas íngremes e escorregadias que ele vai ter que subir por lá, então ele olhou em volta e entregou a água, e seu manto imenso, e seu sino pra nós duas, para as garotas jovens, ele disse, que são as pessoas mais puras e sagradas que você consegue enxergar andando pelo mundo.

MARY DOUL se dirige para perto de seu assento.

MARY DOUL (*senta-se, rindo para si mesma*) Bem, o santo é um sujeito simples, e isso não é mentira.

MARTIN DOUL (*curvando-se para frente, estendendo as mãos*) Coloque a água aqui na minha mão, Molly Byrne, de modo que eu saiba com certeza que ela está com você.

MOLLY BYRNE (*entregando a água para ele*) Milagres são coisas esquisitas, e talvez esta água te cure só de você ficar segurando ela.

MARTIN DOUL (*olhando em volta*) Não está curando não, Molly. Não estou enxergando absolutamente nada. (*Ele sacode a latinha.*) Aqui só tem uma gotinha. Bem, não é uma grande maravilha que uma coisinha insignificante devolva a visão para os cegos e nos revele as mulheres rechonchudas e as garotas jovens, e todas as coisas deslumbrantes que caminham pelo mundo? *(Ele vai apalpando em busca de MARY DOUL e entrega a latinha para ela.)*

MARY DOUL *(sacudindo-a)* Bem, Deus seja louvado...

MARTIN DOUL *(apontando para BRIDE)* E o que ela tem nas mãos que está fazendo esse som?

BRIDE *(cruzando o espaço até MARTIN DOUL)* É o sino do santo, você vai ouvir isso tocando toda vez que ele estiver indo pra algum lugar, pra fazer suas orações.

MARTIN DOUL estende as mãos; ela entrega o sino para ele.

MARTIN DOUL *(tocando o sino)* É um som doce e maravilhoso.

MARY DOUL A gente percebe, fico pensando, pela vozinha prateada do sino, que um homem santificado em jejum esteve carregando ele do seu lado por um longo caminho.

BRIDE cruza um pouco para a direita, para trás de MARTIN DOUL.

MOLLY BYRNE *(desdobrando o manto do SANTO)* Agora fique de pé aqui, Martin Doul, que eu vou colocar o manto imenso dele em você pra gente ver como fica, e você vai virar um santo de Deus Todo Poderoso.

MARTIN DOUL *(levanta-se, avança para o centro, um pouco retraído)* Ouvi os padres uma infinidade de vezes fazendo sermões extraordinários e enaltecendo a beleza dos santos.

MOLLY BYRNE coloca o manto em volta dele.

TIMMY *(com inquietação)* Ele tem todo o direito de ser deixado em paz, Molly. O que o santo iria dizer se visse você brincando com o manto dele?

MOLLY BYRNE *(irresponsavelmente)* Como ele iria nos ver, se está fazendo orações na mata? *(Ela faz MARTIN DOUL dar uma meia volta.)* Ele não está parecendo um deslumbrante santo sacramentado, ferreiro Timmy? *(Rindo ridiculamente.)* Aqui está um sujeito magnificamente lindo, Mary Doul, e se você conseguisse enxergar ele agora, se sentiria tão orgulhosa, eu acho, como os arcanjos lá embaixo, que brigaram com Deus Todo Poderoso.

MARY DOUL *(com confiança discreta, indo até MARTIN DOUL e apalpando o manto nele)* Vamos ficar orgulhosos no dia de hoje, com certeza.

MARTIN DOUL ainda está tocando o sino.

MOLLY BYRNE *(para MARTIN DOUL)* Você acharia bom passar a sua vida inteira andando por aí desse jeito Martin Doul, e tocando este sino com os santos de Deus?

MARY DOUL *(voltando-se para ela, ferozmente)* Como ele poderia sair por aí tocando sino com os santos de Deus se está casado comigo?

MARTIN DOUL É verdade o que ela está dizendo, e se tocar sino significa ter uma vida boa, mesmo assim eu fico pensando, talvez, que é melhor que eu continue casado com a mulher maravilhosa de Ballinatone que vive na escuridão.

MOLLY BYRNE *(desdenhosamente)* Você fica aí pensando isso, que Deus te proteja, mas o que você conhece dela certamente é muito pouco.

MARTIN DOUL É muito pouco com certeza, e eu estou destroçado no dia de hoje com essa espera pra olhar para o rosto dela.

TIMMY *(desajeitadamente)* Você sabe muito bem como ela é, porque aqueles como vocês têm um grande conhecimento em sentir com as mãos.

MARTIN DOUL *(ainda apalpando o manto)* Nós temos talvez. Mesmo assim é muito pouco o que eu sei sobre rostos, ou sobre mantos incríveis e maravilhosos, porque foram muito poucos os mantos em que eu coloquei a minha mão, e em muito poucos rostos, *(melancolicamente)* porque as garotas jovens são extremamente tímidas, ferreiro Timmy, e elas não me dão ouvidos, embora tenham me dito que eu sou um homem lindo.

MARY DOUL *(zombeteiramente, com bom humor)* Não é uma coisa esquisita que ele fique aí fazendo esta voz quando fala de garotas magricelas de aparência jovem, e ele casado com uma mulher que ele ouviu dizer é chamada de a maravilha do mundo ocidental?

TIMMY *(compassivamente)* Vocês dois vão presenciar um grande milagre no dia de hoje, e isso não é mentira.

MARTIN DOUL Ouvi dizer que o cabelo loiro dela, a pele branca dela e seus grandes olhos são uma maravilha, com certeza...

BRIDE *(que estivera olhando para a esquerda)* Ali está vindo o santo pela borda da mata... Tire o manto dele Molly, ou agora o santo vai ver.

MOLLY BYRNE *(apressadamente para BRIDE)* Pegue o sino e leve a Mary ali pra perto das pedras. *(Para MARTIN DOUL)* Mantenha a cabeça erguida até que eu solte o manto. *(Ela retira o manto dele e o atira sobre seu braço. Então ela empurra MARTIN DOUL e o posiciona de pé ao lado de MARY DOUL.)* Fique aqui agora, quieto, e não diga uma palavra.

Ela e BRIDE permanecem de pé um pouco para a esquerda, recatadamente, com o sino e etc. em suas mãos.

MARTIN DOUL *(nervosamente arrumando sua roupa)* Ele vai se importar do jeito que estamos? E a gente não se arrumou, nem mesmo se lavou direito?

MOLLY BYRNE Ele não vai reparar em como vocês estão... Ele passaria pela mulher mais deslumbrante da Irlanda, eu acho, e não se daria ao trabalho de levantar os olhos pra olhar para o rosto dela... Silêncio!

O SANTO entra pela esquerda, seguido por uma porção de pessoas.

SANTO Estes são os dois pobres coitados?

TIMMY *(inoportunamente)* São eles, santo padre, estão sempre sentados aqui no cruzamento das estradas, pedindo alguns cobres praqueles que passam, ou besuntando restos de tiras de juncos pra começar fogo, e eles não ficam se lamentando não, mas falam abertamente a plenos pulmões e ficam brincando com aqueles que gostam disso.

SANTO *(para MARTIN DOUL e MARY DOUL)* É uma vida dura que vocês têm levado sem enxergar o sol ou a lua, ou mesmo os santos padres orando pra Nosso Senhor, mas são aqueles como vocês, corajosos em tempos ruins, que vão fazer bom uso da dádiva da visão que Deus

Todo Poderoso vai conceder pra vocês hoje. *(Ele pega seu manto e o coloca.)* É sobre uma rocha faminta e desnuda que se encontra o túmulo dos quatro santos magnânimos de Deus, de modo que não é de se admirar, fico pensando, que seja com pessoas famintas e desnudas que a água deva ser usada. *(Ele pega a água e o sino e os pendura em volta dos ombros.)* Assim, estou vindo ao encontro daqueles como vocês, que são enrugados e pobres, criaturas que os homens ricos dificilmente sequer voltariam seus olhos, mas para quem lançariam uma moeda ou uma casca de pão.

MARTIN DOUL *(movendo-se com inquietação)* Quando eles olham pra ela, que é uma mulher deslumbrante...

TIMMY *(sacudindo-o)* Silêncio agora, e escute o santo.

SANTO *(olha para eles por um momento, continua)* Se vocês são mesmo esfarrapados e sujos, Deus Todo Poderoso não é absolutamente como os homens ricos da Irlanda, é o que eu digo; e com o poder da água que eu acabo de trazer em um barquinho pra Baía de Cashla, ele vai ter compaixão de vocês e vai propiciar a visão para os seus olhos.

MARTIN DOUL *(tirando seu chapéu)* Eu estou pronto agora, santo padre...

SANTO *(pegando MARTIN DOUL pela mão)* Vou curar você primeiro, e então retornarei pra sua esposa. Vamos agora entrar na igreja, porque eu preciso fazer uma oração pra Nosso Senhor... *(Para MARY DOUL enquanto ele se afasta.)* E você deixe que sua mente fique calma e faça louvações em seu coração, porque vai ser uma coisa extraordinária e fantástica quando o poder do Senhor do mundo recair sobre aqueles iguais a vocês.

PESSOAS *(comprimindo-se atrás dele)* Venham agora pra gente assistir.

BRIDE Venha Timmy.

SANTO *(acenando para que as pessoas recuem)* Fiquem aí onde vocês estão, porque eu não quero um monte de gente cochichando na igreja. Para trás, estou dizendo, e vocês vão fazer melhor se ficarem aqui pensando em como o pecado trouxe a cegueira para o mundo, e façam uma oração em causa própria contra os falsos profetas e os pagãos, contra as palavras das mulheres e dos ferreiros[2] e contra todo o conhecimento capaz de emporcalhar a alma ou o corpo de um homem.

As PESSOAS retrocedem. Ele entra na igreja. MARY DOUL tateia metade do caminho em direção à porta e se ajoelha próximo da passagem. As PESSOAS formam um grupo à direita.

[2] Esta é praticamente uma citação de um verso de um cântico escrito por São Patrício, patrono da Irlanda. No folclore irlandês os ferreiros eram considerados feiticeiros associados aos poderes das trevas.

TIMMY Não é uma voz incrível e maravilhosa que ele tem, e ele não é um homem incrivelmente corajoso, não fosse pelo fato de estar jejuando?

BRIDE Você viu como ele mexe com as mãos?

MOLLY BYRNE Seria uma grande coisa se alguém neste lugar pudesse rezar como ele, porque eu fico pensando que a água do nosso próprio poço abençoado teria o mesmo efeito se um homem soubesse o jeito de fazer as orações, e então não haveria motivos pra trazer água deste lugar selvagem onde, me disseram, não existem casas decentes ou mesmo pessoas atraentes.

BRIDE *(que está olhando à direita para dentro da igreja, ao lado da porta)* Olhem só a grande tremedeira que está sacudindo o Martin, e ele está de joelhos.

TIMMY *(ansiosamente)* Que Deus proteja ele... O que ele vai fazer quando enxergar sua mulher no dia de hoje? Eu acho que fizemos um trabalho ruim quando demos a entender que ela era atraente e não uma bruxa enrugada e ressequida do jeito que ela é.

MAT SIMON Por que ele iria ficar chateado depois de a gente ter dado grande alegria e orgulho pra ele, no tempo em que ele viveu no escuro?

MOLLY BYRNE *(sentando-se no assento de MARY DOUL e ajeitando seu cabelo)* Se ele ficar chateado vai ter outras coisas agora em que pensar, assim como a mulher dele, e qual homem que se importa com sua esposa quando faz duas semanas, ou três, que ele está olhando pra cara dela?

MAT SIMON Agora isso é verdade Molly, e o Martin que vivia no escuro teve mais alegria com as mentiras que contamos sobre aquela bruxa ajoelhada ali perto da passagem, do que o seu próprio marido vai ter com você, de dia ou de noite, quando ele estiver vivendo ao seu lado.

MOLLY BYRNE *(desafiadoramente)* Não fique aí com essa conversa Mat Simon, porque não é você que será o meu marido, mesmo que ficasse cacarejando e cantando lindas canções, caso tivesse a menor esperança disso acontecer.

TIMMY *(chocado, para MOLLY BYRNE)* Não fique aí levantando a voz quando o santo está lá dentro fazendo suas orações.

BRIDE *(gritando)* Silêncio... Silêncio... Eu acho que ele foi curado.

MARTIN *(gritando dentro da igreja)* Oh, Deus seja louvado...

SANTO *(solenemente)* Laus patri sit et filio cum spiritu paraclito Qui suae dono gratiae miseratus est Hiberniae...[3]

[3] Versos finais de um cântico em memória de São Patrício, encontrado em um manuscrito na biblioteca do Trinity College, em Dublin: "Louvado seja o pai, e o filho e o espírito consolador/ Que com a dádiva da sua graça se compadeceu da Irlanda".

MARTIN DOUL *(extasiado)* Oh, Deus seja louvado, agora eu enxergo com certeza... Enxergo as paredes da igreja, e partes verdes das samambaias sobre elas, e até mesmo o senhor, santo padre, e a grande vastidão do céu.

Ele sai correndo, meio ridiculamente pela alegria, e passa por MARY DOUL, que se atrapalha para ficar de pé, afastando-se um pouco dela enquanto se desloca.

TIMMY *(para os outros)* Ele não reconheceu ela de jeito nenhum.

O SANTO aparece atrás de MARTIN DOUL e conduz MARY DOUL para dentro da igreja. MARTIN DOUL aproxima-se das PESSOAS. Os Homens estão entre ele e as Garotas. Ele verifica sua posição com seu bastão.

MARTIN DOUL *(gritando alegremente)* Este aqui é o Timmy, eu reconheço o Timmy pelo negrume da sua cabeça... Este aqui é o Mat Simon, eu reconheço o Mat pelo comprimento das suas pernas... Este deve ser o Patch Vermelho com os olhos de caça que ele tem e o cabelo cor de fogo. *(Ele enxerga MOLLY BYRNE sobre o assento de MARY DOUL e sua voz muda completamente.)* Oh, não era mentira o que eles me contaram, Mary Doul. Oh, louvores a Deus e aos sete santos que eu não morri e fiquei absolutamente sem te ver. A benção de Deus sobre a água, e os pés que carregaram ela pelo campo afora. A benção de Deus sobre o dia de hoje, e sobre aqueles que me trouxeram o santo, porque você tem um cabelo magnífico *(ela abaixa a cabeça, um pouco confusa)* e a pele macia e olhos que fariam os santos, se eles tivessem vivido por um tempo no escuro e voltassem a enxergar novamente, caírem do céu. *(Ele vai para mais perto dela.)* Mantenha a cabeça erguida, Mary, de modo que eu possa ver que sou mais rico do que os grandes reis do oriente. Mantenha a cabeça erguida, estou dizendo, porque você estará me vendo em breve, e eu não sou absolutamente tão feio assim. *(Ele toca nela e ela se levanta em um salto.)*

MOLLY BYRNE Fique longe de mim e não emporcalhe o meu queixo.

As PESSOAS riem ruidosamente.

MARTIN DOUL *(desorientado)* Você tem a voz da Molly...

MOLLY BYRNE Por que eu não teria a minha própria voz? Você acha que eu sou um fantasma?

MARTIN DOUL Qual de vocês todas é ela? *(Ele se dirige para BRIDE.)* É você que é a Mary Doul? Eu acho que você é mais parecida com o que eles disseram. *(Examinando-a.)* Porque você tem o cabelo loiro, e a pele branca, e o aroma da minha própria turfa emanando do seu xale. *(Ele segura o xale dela.)*

BRIDE *(puxando seu xale de volta)* Eu não sou a sua esposa, e você saia do meu caminho.

As PESSOAS riem novamente.

MARTIN DOUL (*com desconfiança, para outra garota*) É você que é? Você não é tão atraente, mas eu acho que serviria, com este nariz magnífico que você tem, e suas belas mãos e seus pés.

GAROTA (*desdenhosamente*) Nunca vi qualquer pessoa que fosse me tomando por cega, e eu acho que uma mulher que enxerga nunca se casaria com alguém como você.

Ela se afasta, e as PESSOAS riem mais uma vez, recuando um pouquinho e o deixando à esquerda delas.

PESSOAS (*debochadamente*) Tente de novo Martin, tente de novo, você ainda vai encontrar ela.

MARTIN DOUL (*arrebatadamente*) Onde foi que vocês esconderam ela? Não é uma vergonha tenebrosa que uma manada de bestas miseráveis como vocês fique aí brincando comigo e me fazendo de bobo no dia mais magnífico da minha vida? Ah, vocês estão achando que são uma cambada de gente fina com seus olhos lacrimejantes e risonhos, uma cambada de gente fina me fazendo de bobo, e a mulher que eu ouvi dizer que é chamada de a grande maravilha do mundo ocidental...

Durante esta fala, que ele profere de costas para a igreja, MARY DOUL aparece com a visão curada e desce para a direita com um sorriso afetado e tolo, até que se posiciona um pouquinho atrás dele.

MARY DOUL (*quando ele pausa*) Qual de vocês é o Martin Doul?

MARTIN DOUL *(virando-se)* É a voz dela com certeza... *(Eles olham um para o outro fixa e inexpressivamente.)*

MOLLY BYRNE *(para MARTIN DOUL)* Vá lá agora e pegue embaixo do queixo dela e fale com ela do jeito que falou comigo...

MARTIN DOUL *(em voz baixa, com veemência)* Se eu falar agora, vou falar duro com vocês duas...

MOLLY BYRNE *(para MARY DOUL)* Você não disse uma palavra, Mary. O que acha dele, com as pernas gorduchas que ele tem e o pescoço pequenininho como o de um carneiro?

MARY DOUL Fico pensando que é uma coisa deprimente que o Senhor Deus nos conceda a visão e coloque um homem deste no seu caminho.

MARTIN DOUL Você deveria ficar de joelhos e agradecer ao Senhor Deus por não estar olhando pra si mesma, porque se você estivesse se enxergando, em alguns instantes sairia correndo por aí, como a velha louca que vive esbravejando, correndo pela ravina.

MARY DOUL *(começando a se perceber)* Se eu não sou tão deslumbrante como alguns deles disseram, eu tenho o meu cabelo, e os meus grandes olhos, e minha pele branca...

MARTIN DOUL *(explodindo em um grito arrebatado)* Seu cabelo e seus grandes olhos, é?... Pois eu vou te contar que não existe uma mecha de qualquer égua grisalha sobre a crista deste mundo que não seja mais deslumbrante do que o emaranhado imundo que você tem sobre a sua cabeça. Não existem dois olhos em qualquer porca esfomeada que não sejam mais deslumbrantes do que os olhos que você esteve chamando de azuis como o mar.

MARY DOUL *(interrompendo-o)* Foi o diabo que te curou no dia de hoje com essa sua conversa sobre porcas; foi o diabo que te curou no dia de hoje, é o que eu digo, e te enlouqueceu com mentiras.

MARTIN DOUL Não foi você quem esteve me pregando mentiras, por dez anos, de dia e de noite? Mas isso não importa mais, agora que o Senhor Deus me concedeu olhos de modo que eu possa ver que você é uma bruxa velha e ressequida que nunca serviu nem mesmo pra gerar um filho pra mim.

MARY DOUL Eu não iria gerar um fedelho enrugado pra se parecer com você. São muitas as mulheres casadas com homens mais incríveis que você que estão louvando a Deus por não terem tido filhos e não terem enchido a terra com criaturas do demônio que deixariam os céus lá em cima solitários, e assustariam as cotovias e os corvos, e os anjos que passeiam pelo céu.

MARTIN DOUL Vá em frente agora e saia à procura de um lugar solitário onde a terra possa te engolir, vá em frente agora, estou dizendo, ou você vai ter homens e mulheres com seus joelhos sangrando, e eles implorando a Deus pra que uma água benta escureça a vista deles, porque não existe um homem que não iria preferir de bom grado permanecer cego cem anos, ou mesmo mil, do que ficar olhando pra alguém como você.

MARY DOUL *(levantando seu bastão)* Talvez se eu te acertasse com uma pancada forte, você ficaria cego novamente e teria o que quer...

O SANTO é visto na porta da igreja com a cabeça inclinada em oração.

MARTIN DOUL *(levantando seu bastão e conduzindo MARY DOUL de volta para a esquerda)* Fique bem longe de mim agora se você não quer que eu arrebente aqui mesmo sobre a estrada o punhadinho de miolos que você tem.

Ele vai espancá-la, mas TIMMY o segura pelo braço.

TIMMY Vocês não têm vergonha de ficar fazendo uma grande confusão enquanto o santo ali em cima está rezando suas orações?

MARTIN DOUL O que me importa alguém como ele? *(Debatendo-se para se libertar.)* Deixe que eu acerte ela com um soco daqueles pelo amor de Deus Todo Poderoso, e depois eu vou ficar quieto até morrer.

TIMMY *(sacudindo-o)* Estou dizendo pra você ficar em silêncio.

SANTO *(avançando para o centro)* A mente deles está perturbada pela alegria, ou a visão deles está instável, como geralmente acontece no dia em que uma pessoa é recuperada?

TIMMY Eles com toda certeza estão enxergando santo padre, e estão prestes a provocar uma briga enorme, porque não passam de um casal de figuras miseráveis.

SANTO *(colocando-se entre eles)* Possa o Senhor que lhes concedeu a visão enviar um pouco de juízo pra dentro de suas cabeças, de modo que vocês não fiquem olhando pra si mesmos — dois pecadores miseráveis sobre a terra — mas para o esplendor do Espírito de Deus, e vocês irão enxergar um tempo singular reluzindo pelas grandes colinas e pelas correntezas íngremes precipitando-se para o mar. Porque se vocês ficarem pensando em coisas desse tipo, não irão se importar com os rostos dos homens, mas farão orações e grandes louvações até que estejam vivendo como os grandes santos vivem, com muito pouco a não ser sacos velhos e a pele cobrindo seus ossos. *(Para TIMMY)* Largue ele agora, você está vendo que ele ficou quieto novamente. *(TIMMY solta MARTIN DOUL.)* E você *(O SANTO volta-se para MARY DOUL.)* não fique aí levantando sua voz, uma coisa feia em uma mulher, mas deixe que pessoas como vocês, que viram o poder do Senhor, fiquem pensando sobre isso na noite escura, e digam pra si mesmas que foi uma grande compaixão, e que ele tem amor pelas pessoas pobres e famintas da Irlanda. *(Ele envolve o manto em torno de si.)* E que o Senhor envie bênçãos pra todos vocês agora, porque eu estou indo pra Annagolan, onde tem uma mulher surda, e pra Laragh onde tem dois homens que perderam o juízo, e pra Glenassil onde existem crianças, cegas desde que nasceram, e então estou indo dormir esta noite na cama de São Kevin, e vou louvar a Deus e pedir grandes bênçãos sobre todos vocês. *(Ele inclina a cabeça.)*

CORTINA

ATO DOIS

Um vilarejo na beira da estrada, à esquerda a porta de uma forja, com rodas quebradas, etc. espalhadas. Um poço próximo ao centro com uma tábua sobre ele e com espaço para que se passe por trás dele. MARTIN DOUL está sentado próximo da forja, cortando galhos.

TIMMY *(sendo ouvido a martelar dentro da forja, então chama)* É melhor você se apressar aí fora... Eu vou alimentar mais o fogo no final do dia e você ainda não cortou nem a metade desses galhos.

MARTIN DOUL *(soturnamente)* Eu vou estar esgotado até o final do dia rachando esses velhos espinheiros, e a comida que tenho na minha barriga nem mesmo manteria um porco com vida. *(Ele se volta para a porta.)* Venha aqui pra fora e corte você mesmo esses galhos se quer que eles sejam cortados, porque existe uma hora todos os dias quando um homem tem o direito de descansar.

TIMMY *(aparecendo, com um martelo, impacientemente)* Você quer que eu te mande embora novamente pra ficar perambulando pelas estradas? Aí está você agora, e eu te dando comida e um canto pra dormir e dinheiro ainda por cima, e pra ficar ouvindo essa sua conversa;

alguém vai pensar que estou prestes a te bater, ou a roubar o seu ouro.

MARTIN DOUL Você faria isso com muita habilidade, talvez, se eu tivesse ouro pra ser roubado.

TIMMY *(larga o martelo; apanha alguns dos galhos já cortados e os atira porta adentro)* Não existe nenhuma suspeita de que você tenha ouro, um imbecil preguiçoso, folgado feito você.

MARTIN DOUL Nenhuma suspeita, talvez, e eu aqui com você, porque era mais o que eu ganhava um tempo atrás, sentado cego em Grianan, do que eu ganho neste lugar, trabalhando duro e me acabando o dia inteiro.

TIMMY *(parando estupefato)* Trabalhando duro? *(Ele vai até MARTIN DOUL.)* Eu vou te ensinar a trabalhar duro, Martin Doul. Tire o seu casaco agora, e arregace as mangas e corte um monte disso aí enquanto eu tiro a cinza de debaixo da forja, ou eu não vou te aturar nem mesmo mais uma hora.

MARTIN DOUL *(horrorizado)* Você quer que eu morra sentado aqui fora no negrume desse ar invernal sem estar usando absolutamente casaco nenhum?

TIMMY *(com autoridade)* Tire o casaco agora, ou vá perambular por aí pela estrada.

MARTIN DOUL *(implacavelmente)* Oh, que Deus me proteja! *(Ele começa a tirar seu casaco.)* Ouvi dizer que você arrancava toda roupa de cama que cobria sua esposa, e isso acabou levando ela para o túmulo, e que não existe ninguém como você em matéria de depenar patos vivos, quando os dias são curtos, e deixar eles correndo em volta só com a pele, embaixo de grandes chuvas e no frio. *(Ele arregaça as mangas.)* Ah, ouvi uma infinidade de coisas esquisitas sobre você, e não existe nenhuma delas em que eu não vá acreditar a partir do dia de hoje, e não vá contar para os garotos.

TIMMY *(recostando um galho grande)* Corte isso agora, e me deixe em paz com essa sua conversa, porque não estou absolutamente te dando ouvidos.

MARTIN DOUL *(pegando o galho)* Este é um galho duro e terrível, Timmy, e não é uma coisa deprimente ter que ficar cortando uma tora forte feito esta, quando a casca dela está fria e escorregadia com o congelamento do ar?

TIMMY *(juntando mais uma braçada de galhos)* De que jeito o ar não iria estar frio e congelante visto que mudou a lua? *(Ele entra na forja.)*

MARTIN DOUL *(queixosamente, enquanto corta lentamente)* De que jeito, não é mesmo Timmy? Porque é um dia escabroso e brutal o que temos a cada dia, a ponto de eu pensar que os cegos têm sorte por não enxergarem nuvens cinzentas como estas passando sobre a colina, nem ficarem olhando para as pessoas com os narizes vermelhos, igual ao seu nariz, e os olhos chorosos e lacrimejantes, igual aos seus olhos, que Deus te proteja, ferreiro Timmy.

TIMMY *(sendo visto na soleira da porta abrindo e fechando os olhos rapidamente)* Agora você está se voltando contra sua visão?

MARTIN DOUL *(exageradamente infeliz)* É uma coisa difícil pra um homem ter a sua visão e morar perto de alguém como você *(ele corta um galho e o atira longe)*, ou descobrir que se casou com a mulher que eu me casei *(corta outro galho)*, e eu acho que deve ser uma coisa difícil pra Deus Todo Poderoso ficar olhando para os dias ruins deste mundo, e pra homens como você que andam sobre ele escorregando na merda a cada passo.

TIMMY *(com ganchos de potes que ele malha na bigorna)* Você está certo em ficar preocupado, Martin Doul, porque é uma infinidade de gente que o santo curou e que perdeu a visão depois de algum tempo — você sabe muito bem que a vista da Mary Doul está se apagando novamente — e eu acho que Nosso Senhor, se Ele te ouvir tendo esse tipo de conversa, não vai sequer sentir uma pontinha de compaixão por você.

MARTIN DOUL Não existe a menor suspeita de que eu vá perder a visão, e mesmo que o dia esteja escuro, eu ainda enxergo muito bem cada ruga traiçoeira que você tem em volta do seu olho.

TIMMY *(olhando bruscamente para ele)* Dia escuro é? O dia não está escuro desde que as nuvens se abriram no leste.

MARTIN DOUL Não se atormente tentando me fazer ficar com medo. Você me contou uma infinidade de mentiras perversas no tempo em que eu era cego, e vai parar com isso agora mesmo e ficar sossegado *(MARY DOUL entra pela direita sem ser notada com um saco cheio de material verde sobre o braço)*, porque é muito pouca tranquilidade ou quietude que qualquer pessoa teria se os grandes imbecis da Irlanda não ficassem cansados de vez em quando. *(Ele olha para cima e enxerga MARY DOUL.)* Oh, Deus seja louvado, ela está vindo novamente. *(Ele começa a trabalhar ativamente de costas para ela.)*

TIMMY *(divertindo-se, para MARY DOUL, enquanto ela passa sem olhar para eles)* Olhe pra ele agora, Mary Doul. Você seria extraordinária pra conseguir que ele fosse mais dedicado no seu trabalho, porque ele vive não fazendo nada e tagarelando o tempo inteiro, desde o raiar do dia.

MARY DOUL *(rigidamente)* Do que você está falando ferreiro Timmy?

TIMMY *(rindo)* Dele, é claro. Olhe pra ele ali, com a camisa rasgada nas costas. Você tem todo o direito de fazer uma visitinha pra ele esta noite, eu acho, e dar um ponto nas roupas dele, porque já faz bastante tempo que vocês não falam um com o outro.

MARY DOUL De modo algum vocês dois vão ficar aí me atormentando. *(Ela sai pela esquerda, com a cabeça erguida.)*

MARTIN DOUL *(para de trabalhar e olha na direção dela)* Bem, não é uma coisa esquisita ela não conseguir ficar dois dias sem olhar pra minha cara?

TIMMY *(debochadamente)* Olhar pra sua cara, é? Quando ela acabou de passar com a cabeça virada do jeito que a gente veria uma dama santificada passando por onde tem pessoas embriagadas ao lado da sarjeta cantando pra si mesmas. *(MARTIN DOUL se levanta e vai para o canto da forja, e olha para fora à esquerda.)* Volte aqui e não se importe absolutamente com ela. Volte aqui, estou dizendo, você não tem o direito de ficar atrás dela espionando desde que ela foi embora e te deixou, ao invés de ficar com o coração partido, tentando te manter com roupas decentes e comida.

MARTIN DOUL *(gritando indignadamente)* Você sabe perfeitamente, Timmy, que fui eu quem mandou ela pra longe.

TIMMY É uma mentira que você está contando, mesmo assim pouco me importa qual de vocês mandou o outro embora, e você volte pra cá, estou dizendo, para o seu trabalho.

MARTIN DOUL *(dando meia volta)* Estou indo, com certeza. *(Ele para e olha para fora à direita, dando um ou dois passos em direção ao centro.)*

TIMMY Para o que você está olhando embasbacado, Martin Doul?

MARTIN DOUL Tem uma pessoa andando ali em cima... É a Molly Byrne, eu acho, descendo com a lata dela.

TIMMY Se for mesmo ela, não pense que você vai ficar sem fazer nada no dia de hoje, ou que vai dar qualquer atenção pra ela, e se apresse com esses galhos, porque eu vou precisar de você daqui a pouco pra soprar a forja. *(Ele larga os ganchos de potes.)*

MARTIN DOUL *(gritando)* Agora você está querendo me assar, é isso? *(Ele se volta e vê os ganchos dos potes; ele os apanha.)* Ganchos pra potes? Foi em cima disso que você esteve lá dentro espirrando e suando desde o raiar do dia?

TIMMY *(descansando sobre a bigorna, com satisfação)* Eu estou fazendo uma infinidade de coisas que uma pessoa tem que fazer quando está se acertando com uma esposa, Martin Doul, porque ouvi dizer ontem à noite que o santo vai passar por aqui novamente dentro em breve e eu vou pedir pra ele que me case com a Molly... Ele vai fazer isso, ouvi eles dizendo, sem cobrar um centavo sequer.

MARTIN DOUL *(solta os ganchos e olha firmemente para ele)* A Molly agora vai fazer grandes louvações pra Deus Todo Poderoso por ele estar dando a ela um homem robusto, firme e deslumbrante feito você.

TIMMY *(com inquietação)* E por que ela não faria isso, se ela mesma é uma mulher deslumbrante?

MARTIN DOUL *(olhando para a direita)* Por que ela não faria, não é mesmo Timmy?... Juntando vocês dois Deus Todo Poderoso formou um lindo par, porque alguém como você desposando uma mulher só se for pra ter os filhinhos mais horripilantes, eu acho, que já foram vistos neste mundo.

TIMMY *(seriamente ofendido)* Deus tenha piedade de você, quando você mesmo é um homem feio pra gente ficar olhando, e eu acho que a sua língua é ainda pior do que a sua vista.

MARTIN DOUL *(magoado também)* Eu estou ficando acabado com este frio, e se eu sou mesmo feio eu nunca vi ninguém com narinas pra escorrer tanto como as suas no dia de hoje, ferreiro Timmy, e eu acho que agora que ela está vindo ali de cima você tem todo o direito de se encaminhar para o seu velho barraco e dar uma boa esfregada na sua cara, e não ficar aí sentado com os olhos remelentos e seu grande nariz vermelho, parecendo um espantalho fincado na beira da estrada.

TIMMY *(olhando para a estrada com inquietação)* Ela não tem motivos pra se importar com a minha aparência, e eu estou pra construir uma casa com quatro cômodos lá em cima sobre a colina. *(Ele ergue-se.)* Mas é uma coisa esquisita o jeito como você e a Mary Doul vivem importunando todo mundo neste lugar, e mesmo além até Rathvanna, não falando de outra coisa, nem pensando em outra coisa a não ser em como é a fisionomia dos rostos das pessoas. *(Indo em direção à forja.)* É um trabalho do diabo que vocês vivem fazendo com esta conversa de lindas aparências, e talvez eu tenha mesmo o direito de entrar e lavar o negrume dos meus olhos.

Ele adentra na forja. MARTIN DOUL esfrega seu rosto com a ponta do casaco. MOLLY BYRNE aproxima-se pela direita com uma lata d'água, e começa a enchê-la no poço.

MARTIN DOUL Deus te guarde, Molly Byrne.

MOLLY BYRNE *(com indiferença)* Deus te guarde.

MARTIN DOUL Está um dia escuro e sombrio, e que o Senhor seja misericordioso com todos nós.

MOLLY BYRNE Escuro mais ou menos...

MARTIN DOUL É uma infinidade de dias sujos, e manhãs escuras, e sujeitos maltrapilhos *(ele faz um gesto por cima do ombro indicando TIMMY)* que a gente tem que ficar olhando quando tem a visão, que Deus nos proteja, mas uma coisa incrível nós temos aqui, que é ficar olhando pra uma garota magnífica, branca e linda como você... e toda vez que eu pouso meus olhos em você, bendigo os santos, e a água benta e o poder do Senhor Todo Poderoso que está lá em cima nos céus.

MOLLY BYRNE Ouvi os padres dizendo que não é olhando pra uma garota jovem que vai ensinar muitos indivíduos a fazer suas orações. *(Colocando água dentro da sua lata com um copo.)*

MARTIN DOUL Não são muitos os que viveram do mesmo jeito que eu, ouvindo sua voz a falar, sem absolutamente conseguir te ver.

MOLLY BYRNE Deve ter sido um tempo esquisito pra um velho imbecil, traiçoeiro e bajulador feito você ficar sentado lá com os olhos fechados sem conseguir enxergar uma garota ou uma mulher passando pela estrada.

MARTIN DOUL Se foi mesmo um tempo esquisito, foi uma grande alegria e orgulho que eu tive o tempo em que eu ouvia sua voz a falar e você passando pra Grianan *(começando a falar com veemência melancólica)*, porque eram muitas coisas agradáveis que a sua voz colocava na mente de um pobre sujeito vivendo na escuridão, e no dia em que eu ouvia sua voz, eu não pensava absolutamente em quase mais nada.

MOLLY BYRNE Vou contar pra sua esposa se você continuar falando comigo desse jeito... Você ouviu, talvez, que ela está lá embaixo apanhando urtigas pra viúva O'Flinn, que teve grande compaixão por ela quando viu vocês dois brigando, e você envergonhando ela no cruzamento das estradas.

MARTIN DOUL *(com impaciência)* Não existe um ser vivente que consiga falar vinte palavras comigo, ou mesmo dizer "que Deus te acompanhe", sem colocar esta velha na minha mente, ou aquele dia em Grianan também?

MOLLY BYRNE *(com sarcasmo)* Eu achava que deveria ser uma coisa incrível colocar na sua mente o dia que você chamou de o mais magnífico da sua vida.

MARTIN DOUL Dia magnífico, é? *(Melancolicamente outra vez, deixando seu trabalho de lado e curvando-se em direção a ela.)* Ou um dia ruim e tenebroso quando eu despertei e descobri que era como as criancinhas que ficam ouvindo as histórias de uma velha e depois ficam sonhando na noite escura que estão em casas de ouro magníficas, com cavalos malhados pra cavalgar, e acordam novamente, e em pouco tempo estão destruídas pelo frio, e goteiras caindo do teto de palha talvez, e o asno esfomeado zurrando no quintal?

MOLLY BYRNE *(trabalhando com indiferença)* Você se tornou um grande romântico no dia de hoje, Martin Doul. Foi lá no alambique que você esteve no cair da noite?

MARTIN DOUL *(fica de pé, vem em direção a ela, mas permanece à extrema direita do poço)* Não foi não, Molly Byrne, mas estive deitado em um pequeno estábulo caindo aos pedaços... Deitado atravessado em cima da palha empapada, e fiquei pensando que estava te vendo caminhar, e ouvindo o som dos seus passos sobre a estrada seca, e te ouvindo outra vez, e você rindo e tendo grandes conversas em um cômodo alto com as vigas secas revestindo o telhado. Porque sua voz soa agradável em um cômodo como este, e eu acho que fico bem melhor deitado deste jeito — como um homem cego está sempre deitado — do que sentado aqui nesta luz cinzenta, recebendo ordens duras do ferreiro Timmy.

MOLLY BYRNE *(olhando para ele com interesse)* É uma conversa esquisita esta sua, quando você não passa de um homenzinho nanico, maltrapilho e velho.

MARTIN DOUL Eu não sou tão velho quanto você ouviu eles dizendo.

MOLLY BYRNE Você é muito velho, eu acho, pra ficar tendo uma conversa dessas com uma garota.

MARTIN DOUL *(desalentadamente)* Não é uma mentira o que você está dizendo, talvez, porque eu tenho perdido longos anos neste mundo, sentindo amor e falando de amor com aquela velha, e sendo engambelado o tempo inteiro com as mentiras do ferreiro Timmy.

MOLLY BYRNE *(meio sedutoramente)* Que jeito incrível de você querer retribuir o ferreiro Timmy... E não é com as *mentiras* dele que você está fazendo amor no dia de hoje, Martin Doul.

MARTIN DOUL Não é não, Molly, mas com a sua boa aparência *(passando por trás dela e se aproximando dela pela esquerda)*, e eu posso estar velho talvez, mas ouvi dizer que existem campos além, na cidade de Cahir Iveraghig e nas montanhas de Cork, onde o sol é quente e a luz do céu deslumbrante. *(Inclinando-se em direção a ela.)* E a luz é uma coisa magnífica pra um homem que sempre foi cego, ou uma mulher com um pescoço lindo e uma pele igual a sua, de modo que nós teríamos todo direito de nos mandarmos daqui no dia de hoje pra termos uma vida incrível lá fora, passando por estas cidades do sul e a gente contando histórias, talvez, ou cantando canções pelas feiras.

MOLLY BYRNE *(dando meia volta, meio que se divertindo, olhando para ele da cabeça aos pés)* Bem, isso não é uma coisa esquisita, quando a sua própria esposa está prestes a te deixar porque você não passa de um sujeito miserável falando comigo desse jeito?

MARTIN DOUL *(recuando um pouco, magoado, mas indignado)* É uma coisa esquisita talvez, porque todas as coisas são esquisitas neste mundo. *(Em voz baixa, com uma ênfase peculiar.)* Mas tem uma coisa que eu vou te dizer, se ela sumiu da minha vista não foi porque estava me enxergando, e eu sendo como sou, mas porque eu estava olhando pra ela com os meus dois olhos, vendo ela se levantar, e comer sua comida, e pentear os cabelos e se deitar pra dormir.

MOLLY BYRNE *(interessada, baixando a guarda)* E qualquer outro homem casado não estaria fazendo a mesma coisa?

MARTIN DOUL *(aproveitando o momento em que a atenção dela está voltada para ele)* Fico aqui pensando, pela misericórdia de Deus, que são muito poucos, só aqueles que ficaram cegos por um tempo, que conseguem enxergar seja o que for. *(Com excitação.)* São muito poucos aqueles que enxergam as velhas ficando podres dentro do túmulo, e são muito poucos aqueles que enxergam alguém como você *(ele se inclina sobre ela)*, embora você seja radiante como um farol que atrai os navios pra fora do mar.

MOLLY BYRNE *(desviando-se dele)* Fique bem longe de mim, Martin Doul.

MARTIN DOUL *(rapidamente, com intensidade baixa e furiosa. Ele coloca sua mão sobre o ombro dela e a sacode)* Você vai fazer a coisa certa, estou dizendo, não se casando com um homem que fica tempo demais olhando para os dias ruins do mundo, porque de que jeito alguém como ele vai ter olhos adequados pra te enxergar quando você se levantar pela manhã e surgir na portinha onde você mora lá em cima na viela, e nesse momento que seria uma coisa incrível de um homem ver, e perder a visão por conta disso pra que ele tivesse você com seus dois olhos voltados pra ele, indo com ele pelas estradas, e o sol brilhando acima, e ele olhando para o céu, e se levantando da terra; ao invés disso, nesse momento, o Timmy baixaria a cabeça pra olhar pra merda que os homens que enxergam encontram em todas as estradas espalhadas pelo mundo.

MOLLY BYRNE *(que ouviu meio embasbacada, começando a sair)* Esse é o tipo de conversa que a gente escuta de um homem que está perdendo a razão.

MARTIN DOUL *(indo atrás dela, passando para a direita dela)* Não é de se admirar que um homem próximo de alguém como você perca a razão. Largue a sua lata agora e venha comigo, porque eu estou te enxergando no dia de hoje, te enxergando, talvez, de um jeito que nenhum homem te enxergou no mundo. *(Ele a apanha pelo braço e tenta puxá-la suavemente para fora pela direita.)* Venha agora mesmo, estou dizendo, para os campos de Iveragh e as montanhas de Cork, onde você não vai pousar a largura dos seus dois pés sem esmagar flores deslumbrantes, fazendo com que exalem aromas doces pelo ar...

MOLLY BYRNE *(soltando a lata; tentando se libertar)* Me largue, Martin Doul... Me largue, estou dizendo!

MARTIN DOUL Venha agora, vamos, venha pela pequena passagem por entre as árvores.

MOLLY BYRNE *(gritando em direção à forja)* Timmy... Ferreiro Timmy... *(TIMMY aparece, vindo da forja, e MARTIN DOUL a deixa ir. MOLLY BYRNE, excitada e esbaforida, apontando para MARTIN DOUL.)* Você já ouviu dizer que aqueles que perdem a visão, perdem o juízo junto com ela, ferreiro Timmy?

TIMMY *(desconfiado, mas inseguro)* Ele não tem juízo, com certeza, e no dia de hoje ele está sendo mandado embora do lugar onde ele dorme e come bem, e ainda recebe salário pelo seu trabalho.

MOLLY BYRNE *(como antes)* Ele é muito mais imbecil do que isso, Timmy. Olhe pra ele agora e me diga se isso não é coisa de um sujeito que se acha magnífico, pensar que é só abrir a boca pra ter uma mulher incrível como eu correndo grudada na cola dele.

MARTIN DOUL recua em direção ao centro, com a mão sobre seus olhos; MARY DOUL é vista à esquerda avançando suavemente.

TIMMY *(com vaga estupefação)* Oh, os cegos são pessoas traiçoeiras, e isso não é mentira. Mas ele vai sumir no dia de hoje e não vai mais nos perturbar. *(Ele caminha para trás à esquerda e apanha o casaco e o bastão de MARTIN DOUL; algumas coisas caem do bolso do casaco, e ele as apanha.)*

MARTIN DOUL *(dá meia volta, enxerga MARY DOUL, cochicha para MOLLY BYRNE com agonia suplicante)* Não me envergonhe, Molly, diante dela e do ferreiro. Não me envergonhe, e depois de eu ter dito palavras deslumbrantes pra você, e ter sonhado... sonhos... pela noite. *(Ele vacila e dá uma olhada para o céu.)* É uma tempestade de trovões que está vindo, ou o último fim do mundo? *(Ele cambaleia em direção à MARY DOUL, tropeçando ligeiramente na lata d´água.)* Os céus estão se fechando com a escuridão, eu acho, e grande perturbação está passando pelo céu. *(Ele alcança MARY DOUL, e a agarra com as duas mãos — com um grito frenético.)* É a escuridão do trovão que está vindo, Mary Doul? Você está me enxergando nitidamente com os seus olhos?

MARY DOUL *(desprende seu braço e acerta o rosto dele com o saco vazio)* Eu enxergo bem nitidamente uma porção de coisas em você, e agora fique longe de mim.

MOLLY BYRNE *(batendo palmas)* Isso mesmo, Mary. Esse é o jeito de tratar alguém como ele que fica aí parado no meu pé, pedindo pra eu ir embora com ele, até que eu vire uma velha mendiga asquerosa feito você.

MARY DOUL *(desafiadoramente)* Quando a pele do seu queixo virar uma pelanca, Molly Byrne, não haverá uma bruxa pelancuda igual a você nos quatro cantos da Irlanda... Vocês formariam um casal deslumbrante, com certeza!

MARTIN DOUL está de pé ao fundo, no centro direito, com as costas voltadas para o público.

TIMMY *(indo até MARY DOUL)* Você não tem vergonha de dar a entender que ela algum dia vai ficar como você?

MARY DOUL São as gorduchas e flácidas as que ficam enrugadas ainda jovens, e este cabelo loiro esbranquiçado que ela tem em breve vai ficar da cor de um punhado de grama fina que a gente enxerga apodrecendo, bem onde fica úmido, ao norte do chiqueiro. *(Voltando-se para sair pela direita.)* Ah, e não é uma coisa incrível que tipos como você levem os imbecis à loucura em alguns instantes, e depois se transformem em uma coisa medonha, e afugentem as criancinhas pra bem longe dos seus pés?

Ela sai. MARTIN DOUL avança novamente, controlando-se, mas instável.

TIMMY Oh, que Deus nos proteja, Molly, das palavras dos cegos. *(Ele larga o casaco e o bastão de MARTIN DOUL.)* Agora aqui está o seu lixo velho, Martin Doul, pegue isso, porque é tudo o que você tem e suma pelo mundo, e se algum dia eu me encontrar com você vindo pra cá novamente, se você estiver enxergando ou mesmo se estiver cego, eu vou buscar um martelo imenso e vou te acertar uma bordoada com ele que vai fazer você ficar bem traquilinho até o dia do juízo final.

MARTIN DOUL *(levantando-se com esforço)* Que direito você tem de falar comigo desse jeito?

TIMMY *(apontando para MOLLY BYRNE)* Você sabe muito bem que direito eu tenho. Você sabe muito bem que a garota decente, com quem estou pensando em me casar, não merece ter o coração escaldado, ouvindo conversas — e conversas esquisitas e perversas, eu acho — de um imbecil com aparência de esfarrapado feito você.

MARTIN DOUL *(levantando a voz)* Ela está te fazendo de bobo, porque qual garota que enxerga iria se casar com você? Olhe pra ele, Molly, olhe pra ele, estou dizendo, porque eu ainda estou enxergando, e levante sua voz, porque é chegada a hora, e ordene que ele se dirija pra dentro daquela forja e fique lá sentado sozinho, espirrando, e suando, e malhando ganchos pra potes até o dia do juízo final. *(Ele agarra o braço dela novamente.)*

MOLLY BYRNE Mantenha ele bem longe de mim, Timmy.

TIMMY *(empurrando MARTIN DOUL para o lado)* Você quer que eu te arrebente, Martin Doul? Agora siga atrás da sua esposa, que é o par adequado pra você, e deixe a Molly comigo.

MARTIN DOUL *(desesperadamente)* Você não vai levantar a voz, Molly, e rogar uma grande praga dos infernos pra que a língua dele caia?

MOLLY BYRNE *(à esquerda de TIMMY)* Eu vou dizer pra ele que estou esgotada de ficar te olhando e ouvindo o som da sua voz. Agora se manda daqui atrás da sua esposa, e se ela te bater novamente, vá atrás das filhas do funileiro lá em cima que ficam correndo pelas colinas, ou vá lá pra baixo para o meio das vadias da cidade, e um dia você vai aprender, talvez, o jeito que um homem deve falar com uma garota civilizada e bem educada como eu. *(Ela pega TIMMY pelo braço.)* Venha agora pra dentro da forja, até que ele tenha descido um pouquinho pela estrada, porque eu estou perto de ficar com medo do olhar selvagem que está aflorando nos olhos dele.

Ela entra na forja. TIMMY para na soleira da porta.

TIMMY Que eu não te encontre por aqui novamente, Martin Doul. *(Ele descobre seu braço.)* Você sabe muito bem que o ferreiro Timmy aqui tem uma força enorme no braço, e ele já quebrou uma infinidade de coisas visivelmente mais duras do que esse osso velho aí do seu crânio. *(Ele entra na forja e puxa a porta atrás de si.)*

MARTIN DOUL *(permanece parado por um momento com a mão nos olhos)* E esta é a última coisa na vida deste mundo em que eu estou pra pousar a minha visão, a safadeza de uma mulher e a maldita força de um homem. Oh, Deus, tenha compaixão de um pobre sujeito cego do jeito que eu vou ficar no dia de hoje, sem nenhuma força em mim pra causar neles qualquer mágoa. *(Ele começa a tatear em volta por um momento, então para.)* Mesmo assim, se eu não tenho força em mim, tenho ainda uma voz pra minhas orações, e que Deus possa acabar com eles no dia de hoje, e no mesmo instante acabar com a minha própria alma, de modo que eu possa enxergar eles depois, Molly Byrne e o ferreiro Timmy, os dois sobre uma cama alta, e eles esbravejando no inferno... Vai ser uma coisa magnífica ficar olhando para os dois neste momento; e eles se contorcendo e rugindo alto, e se contorcendo e rugindo novamente, em um dia e no dia seguinte também, e todos os dias continuamente e pra sempre. Eu não vou estar cego neste momento, e fico pensando que não será o inferno pra mim, mas será mesmo muito mais parecido com o céu, e eu vou tomar bastante cuidado pra que Deus Todo Poderoso não fique sabendo disso. *(Ele se vira e sai tateando.)*

CORTINA

ATO TRÊS

O mesmo que o primeiro ato, mas o vão ao centro foi preenchido com roseiras bravas ou galhos de algum tipo. MARY DOUL, cega novamente, entra tateando seu caminho pela esquerda, e se senta como antes. Ela carrega consigo um pouco de juncos. É uma manhã de um dia de primavera.

MARY DOUL *(lamentosamente)* Ah, que Deus me proteja... Que Deus me proteja, a escuridão não era absolutamente tão escura da outra vez como está sendo desta vez, e agora eu vou ficar esgotada e em uma posição difícil pra ganhar o meu sustento trabalhando sozinha, quando está passando pouca gente e os ventos são frios. *(Ela começa a cortar juncos.)* Fico pensando que dias curtos vão ser dias longos pra mim desta vez, e eu sentada aqui, sem enxergar ninguém a piscar, sem ouvir uma palavra, e sem outro pensamento na minha mente que não seja fazer longas orações pra que o Martin Doul receba sua recompensa daqui a pouco pela maldade do seu coração. São piadas extraordinárias que as pessoas vão fazer agora, fico pensando, e elas passando por mim, apontando seus dedos, talvez, e perguntando onde está o meu marido, de modo que eu não vou ter sossego nem ser respeitada a partir de agora até eu virar uma velha com longos cabelos brancos se emaranhando na minha testa. *(Ela remexe seu cabelo e parece ouvir alguma coisa. Escuta por um momento.)* É um passo desleixado e esquisito que está vindo pela estrada... Que Deus me proteja, é ele que está vindo com certeza.

Ela fica bem quieta. MARTIN DOUL entra tateando pela direita, também cego.

MARTIN DOUL *(soturnamente)* Que o diabo carregue a Mary Doul por ficar contando mentiras sobre mim, e ficar fazendo de conta que ela era magnífica. Que o diabo carregue esse santo velho por me deixar ver que tudo não passava de mentiras. *(Ele senta-se próximo a ela.)* Que o diabo carregue o ferreiro Timmy por me matar de tanto trabalhar duro, e me manter com o estômago vazio, só com vento dentro, de dia e de noite. Dez mil demônios carreguem a alma da Molly Byrne *(MARY DOUL concorda com um aceno de cabeça.)* e as almas perversas e traiçoeiras escondidas em todas as mulheres do mundo. *(Ele se balança, com a mão sobre seu rosto.)* Eu vou ficar muito solitário a partir de agora, e se as pessoas vivas são uma horda de perversos, ainda assim, seria melhor estar sentado junto com a Mary Doul, mesmo ela sendo uma bruxa suja com aparência enrugada, do que ficar absolutamente sem ninguém. A morte vai me alcançar agora, fico pensando, sentado neste ar frio, ouvindo a noite chegar, e os melros voando em volta das roseiras bravas gritando pra si mesmos, justo na hora que seria possível ouvir uma carroça se distanciando em seu longo caminho para o leste, ou outra carroça se distanciando em seu longo caminho para o oeste, e um cachorro latindo talvez, e um ventinho remexendo os galhos. *(Ele escuta e suspira pesadamente.)* Desta vez eu vou ficar esgotado sentado aqui sozinho e perdendo o juízo do mesmo jeito que eu acabei de perder a visão, porque tudo isso faria qualquer pessoa sentir medo de ficar sentada aqui sozinha ouvindo o som da sua respiração *(ele movimenta os pés sobre as pedras)* e o barulho dos seus pés, quando existe uma infinidade de coisas esquisitas se agitando, galhinhos se quebrando e a grama em movimento *(MARY DOUL dá um meio suspiro, e ele se volta para ela horrorizado)* até você fazer seu juramento de moribundo pelo sol e a lua de que tem alguma coisa respirando sobre as pedras. *(Ele escuta na direção dela por um momento, então se levanta nervosamente em um salto, e tateia em volta em busca do seu bastão.)* Eu acho que estou indo agora, mas não tenho certeza do lugar onde deixei o meu bastão, e eu estou destruído pelo terror e o espanto. *(Ele toca na mão dela enquanto está tateando em volta e grita.)* Tem uma coisa de mão viva e fria sentada aqui do meu lado. *(Ele se volta para fugir, mas se perde no caminho e esbarra contra o muro.)* Agora não consigo encontrar mais o meu caminho! Oh, Deus misericordioso, coloque meu pé no caminho certo no dia de hoje, e eu vou fazer orações, de noite e de dia, e não vou mais ficar de ouvido em pé atrás de garotas jovens, nem fazer qualquer coisa feia até eu morrer...

MARY DOUL *(indignadamente)* Não fique aí contando mentiras pra Nosso Senhor Todo Poderoso.

MARTIN DOUL É a Mary Doul? *(Recompondo-se com imenso alívio.)* Estou aqui dizendo que é a Mary Doul?

MARY DOUL Ora, aí está um tom doce na sua voz que eu não tenho ouvido faz muito tempo. Fico pensando se você não está me confundindo com a Molly Byrne.

MARTIN DOUL *(indo em direção a ela, enxugando o suor do seu rosto)* Bem, a visão é uma coisa esquisita pra transtornar um homem. É uma coisa esquisita pensar que eu viveria até este dia em que fiquei com medo de alguém como você, mas se eu fiquei abalado por alguns instantes, daqui a pouco vou voltar a mim.

MARY DOUL E então você vai se tornar um ser magnífico, e isso não é mentira.

MARTIN DOUL *(sentando-se timidamente, um pouco distante)* Você não tem o direito de falar assim, porque ouvi dizer que você está tão cega quanto eu.

MARY DOUL Se estou, eu não estou me esquecendo de que sou casada com um sujeitinho nanico e tenebroso que se comporta como o maior imbecil deste mundo, e não vou me esquecer a partir de hoje do grande rebuliço que ele acabou de fazer depois de ouvir uma pobre mulher respirando quieta no seu canto.

MARTIN DOUL E você não vai se esquecer, fico pensando, do que viu pouco tempo atrás quando se enxergou dentro de um poço, ou em uma poça limpa, talvez, quando tinha uma boa luz no céu e nenhum vento agitando a água.

MARY DOUL Não estou me esquecendo, não se preocupe, porque se eu não sou do jeito que os mentirosos lá embaixo diziam, eu enxerguei uma coisa nessas poças que colocou alegria e bênçãos no meu coração. *(Ela coloca a mão no cabelo novamente.)*

MARTIN DOUL *(rindo ironicamente)* Que beleza! Eles ficavam dizendo lá embaixo que eu estava perdendo o juízo, mas eu nunca cheguei em dia nenhum a este ponto... Que Deus te proteja, Mary Doul, porque se a sua aparência não é nenhuma maravilha, você é a mulher mais sem noção que caminha pelos condados do leste.

MARY DOUL *(desdenhosamente)* Você vivia dizendo o tempo todo que tinha um ouvido extraordinário pra detectar as mentiras nas palavras, um ouvido extraordinário, que Deus te proteja, e você acha que está usando ele agora!

MARTIN DOUL Se não são mentiras que você está contando, você me faria pensar que não é uma pobre mulher enrugada que aparenta ter sessenta, ou cinquenta anos e meio, talvez.

MARY DOUL Eu não faria você pensar nada, Martin. *(Ela curva-se para frente com seriedade.)* Porque quando eu me vi naquelas poças, vi que meu cabelo vai ficar grisalho, ou branco talvez daqui a pouco, e também vi que eu tenho um rosto que vai ficar uma maravilha extraordinária quando o cabelo branco e macio cair em volta dele, de modo que quando eu for uma mulher velha, com certeza não haverá ninguém igual a mim nos sete condados do leste.

MARTIN DOUL *(com admiração verdadeira)* Você é uma mulher sabida, que pensa, Mary Doul, e isso não é mentira.

MARY DOUL *(triunfalmente)* Eu sou, com certeza, e estou te dizendo que uma mulher maravilhosa de cabelos brancos é uma coisa magnífica de se ver, porque me disseram que quando a Kitty Grisalha está vendendo aguardente lá embaixo, até mesmo os homens jovens nunca se cansam de ficar olhando para o rosto dela.

MARTIN DOUL *(tirando o chapéu e apalpando a cabeça, falando com hesitação)* Você acha pela aparência, Mary Doul, que haveria chance de uma brancura como essa acontecer em mim?

MARY DOUL *(com extremo menosprezo)* Em você, que Deus te proteja!... Daqui a pouco você vai estar com a cabeça tão careca quanto um nabo velho que a gente enxerga rolando na merda. Você não precisa nunca mais falar novamente sobre a sua linda aparência, Martin Doul, porque os dias dessa conversa acabaram pra sempre.

MARTIN DOUL São palavras duras pra se dizer, porque se eu tivesse um pouquinho de consolo, igual ao seu, fico pensando que a gente não estaria muito longe dos dias bons de antes, e isso seria um milagre, com certeza. Mas eu nunca vou me sentir tranquilo, pensando que você é uma mulher grisalha maravilhosa, e eu uma figura miserável.

MARY DOUL Não há nada que eu possa fazer com relação a sua aparência, Martin Doul. Não fui eu quem criou você com olhos de rato, e estas orelhas imensas, e este queixo medonho.

MARTIN DOUL *(esfrega seu queixo pesarosamente, então sorri com prazer)* Tem uma coisa que você se esqueceu, se você é mesmo uma mulher sabida que pensa.

MARY DOUL Os seus pés desleixados, é isso? Ou o seu pescoço recurvado, ou os seus dois joelhos batendo um contra o outro?

MARTIN DOUL *(com desdém prazeroso)* Que conversa estupenda pra uma mulher sabida! Uma conversa estupenda, com certeza!

MARY DOUL *(intrigada com a alegria na voz dele)* Se você tivesse outra coisa pra contar a não ser mentiras, a conversa estupenda seria a sua.

MARTIN DOUL *(explodindo com excitação)* Isso é o que eu tenho pra te dizer, Mary Doul. Em pouco tempo eu vou deixar a minha barba crescer — uma barba maravilhosa, branca, sedosa, longa e caudalosa que você nunca viu igual no mundo ocidental... Ah, uma barba branca é uma coisa magnífica em um homem velho, uma coisa magnífica pra fazer as pessoas ricas pararem e estenderem suas mãos com boa prata ou ouro, e uma barba é uma coisa que você nunca vai ter, por isso trate de segurar sua língua.

MARY DOUL *(rindo festivamente)* Bem, formamos um casal extraordinário, com certeza, e serão momentos extraordinários que a gente ainda vai ter, talvez, e conversas extraordinárias antes que a gente morra.

MARTIN DOUL Momentos extraordinários a partir do dia de hoje, com a ajuda de Deus Todo Poderoso, porque até mesmo um padre acreditaria nas mentiras de um homem velho que tem uma barba branca deslumbrante crescendo no seu queixo.

MARY DOUL Este é o som do gorjeio de um daqueles pássaros amarelos chegando de além-mar com a primavera, e teremos um calor agradável agora no sol, e uma doçura no ar, de modo que vai ser uma coisa magnífica ficar sentada aqui, quieta e tranquila, sentindo o aroma das coisas que estão crescendo e brotando da terra.

MARTIN DOUL Senti o aroma da carqueja um tempo atrás florescendo sobre a colina, e se você segurasse a sua língua iria ouvir os cordeiros de Grianan, embora os gritos deles estejam bem perto de se afogar com a inundação do rio que vai criar estrondos pela ravina.

MARY DOUL *(escuta)* Os cordeiros estão balindo, com certeza, e tem os galos e as galinhas poedeiras fazendo uma tremenda agitação a uma milha longe daqui, na encosta da colina. *(Ela se levanta.)*

MARTIN DOUL O que é isso que está ressoando no oeste?

Ouve-se o som fraco de um sino.

MARY DOUL Não é das igrejas, porque o vento está soprando do mar.

MARTIN DOUL *(com desespero)* É o santo velho, eu acho, tocando seu sino.

MARY DOUL Que o Senhor nos proteja dos santos de Deus! *(Eles escutam.)* Ele está vindo por esta estrada, com certeza.

MARTIN DOUL *(cautelosamente)* A gente deveria fugir pra longe, Mary Doul?

MARY DOUL Pra qual lugar a gente fugiria?

MARTIN DOUL Existe uma pequena passagem por entre os charcos... Se a gente conseguisse alcançar o barranco lá em cima, onde crescem os sabugueiros, ninguém iria nos enxergar, mesmo se fosse cem guardas que estivessem passando, mas eu só tenho medo que depois desse tempo que tivemos com nossa visão, nós certamente não vamos conseguir encontrar nosso caminho até lá.

MARY DOUL *(permanecendo em pé)* Você vai encontrar o caminho, com certeza. O mundo sabe que você é um homem magnífico pra encontrar o seu caminho, mesmo se tivesse uma neve profunda caindo sobre a terra.

MARTIN DOUL *(pegando na mão dela)* Vamos um pouquinho por este caminho, é aqui que ele começa. *(Eles tateiam em volta do vão.)* Tem uma árvore que foi arrastada pra dentro do vão, ou alguma coisa estranha aconteceu desde a última vez que eu passei por aqui.

MARY DOUL A gente não estaria fazendo a coisa certa se passasse rastejando por baixo dos galhos?

MARTIN DOUL Estou em uma posição difícil pra saber o que seria certo. E não é uma coisa deprimente estar cego e não conseguir fugir, e ao mesmo tempo ter medo de voltar a enxergar?

MARY DOUL (*quase em lágrimas*) É uma coisa deprimente, que Deus nos proteja, e até mesmo que bem nossos cabelos grisalhos nos fariam, se tivermos nossa visão, já que vamos enxergar eles caindo a cada dia e ficando sujos com a chuva?

O sino ressoa bem próximo.

MARTIN DOUL (*em desespero*) Ele está vindo agora, e certamente não vamos conseguir nos distanciar dele.

MARY DOUL A gente não poderia se esconder no pedacinho de roseira brava que está crescendo na extremidade oeste da igreja?

MARTIN DOUL Vamos tentar isso, com certeza. (*Eles escutam por um momento.*) É melhor você se apressar, eu estou ouvindo os passos deles pisoteando a mata. (*Eles vão tateando em direção à igreja.*)

MARY DOUL São as palavras das garotas jovens que estão causando esta enorme agitação nas árvores. (*Eles encontram o arbusto.*) Aqui está a roseira brava na minha esquerda, Martin; eu vou entrar primeiro, porque sou mais rechonchuda, e fica fácil de me ver.

MARTIN DOUL (*virando a cabeça ansiosamente*) Fica fácil é de te ouvir se você não segurar essa sua língua.

MARY DOUL (*parcialmente atrás do arbusto*) Agora venha aqui para o meu lado. (*Eles se ajoelham, ainda claramente visíveis.)* Você acha que eles conseguem nos ver agora, Martin Doul?

MARTIN DOUL Eu acho que eles não conseguem, mas estou em uma posição difícil pra saber, porque essa cambada de garotas jovens, que o diabo carregue todas elas, têm olhos aguçados e terríveis, capazes de avistar um pobre homem, fico pensando, até mesmo se ele estiver deitado lá embaixo, escondido no seu túmulo.

MARY DOUL Não fique aí cochichando pecados, Martin Doul, ou talvez seja o dedo de Deus que eles vão enxergar apontando pra nós.

MARTIN DOUL É você quem está falando maluquices, Mary Doul, você não ouviu o santo dizer que os cegos são traiçoeiros?

MARY DOUL Se são então você tem todo o direito de dizer palavras fortes e terríveis pra fazer com que a água não nos cure de jeito nenhum.

MARTIN DOUL Onde eu vou encontrar palavras fortes e terríveis quando estou tremendo de medo, e mesmo se eu encontrasse quem poderia saber exatamente se são palavras boas ou ruins que iriam nos proteger dele no dia de hoje?

MARY DOUL Eles estão vindo. Ouço os pés deles sobre as pedras.

O SANTO entra pela direita com TIMMY e MOLLY BYRNE vestindo roupas festivas, e com todos os outros como antes.

TIMMY Ouvi dizer que o Martin Doul e a Mary Doul foram vistos por aqui no dia de hoje, nas imediações desta estrada, santo padre, e a gente pensou que o senhor teria compaixão deles e poderia curar eles novamente.

SANTO Posso fazer isso, talvez, mas onde eles estão afinal? Eu vou ter pouco tempo de sobra, quando eu tenho que casar vocês dois na igreja.

MAT SIMON *(no lugar onde eles se sentam)* Aqui estão os juncos deles espalhados pelas pedras. Eles não estão longe daqui, com certeza.

MOLLY BYRNE *(apontando com surpresa)* Olhe ali atrás, Timmy.

Todos eles olham e avistam MARTIN DOUL.

TIMMY Bem, o Martin é um sujeito preguiçoso que fica deitado ali com o dia a pino. *(Ele se dirige para lá aos berros.)* Levante-se e saia já daí. Com a sua sonolência você esteve muito próximo de perder uma grande oportunidade no dia de hoje, Martin Doul... Os dois estão aqui, que Deus nos proteja a todos!

MARTIN DOUL *(atrapalhando-se com MARY DOUL)* O que você quer Timmy, que não consegue nos deixar em paz?

TIMMY O santo veio pra celebrar meu casamento, e eu fiquei de dar uma palavrinha em nome de vocês, de modo que ele pudesse curar vocês agora, porque se você não passa mesmo de um homem ridículo, eu sinto compaixão por vocês, porque eu tenho um coração generoso, quando penso em vocês sentados dentro da escuridão novamente, e depois de terem enxergado por um tempo e trabalhado pelo seu pão.

MARTIN DOUL pega na mão de MARY DOUL e tenta sair tateando pela direita, ele perdeu seu chapéu, e os dois estão cobertos de poeira e sementes de grama.

PESSOAS Você está indo para o lado errado. É por aqui, Martin Doul.

Eles o empurram para frente do SANTO, próximo ao centro. MARTIN DOUL e MARY DOUL permanecem de pé com um desânimo envergonhado e comovente.

SANTO Não precisa ficar com medo, porque o Senhor está cheio de grande compaixão.

MARTIN DOUL Nós não estamos com medo, santo padre.

SANTO Muitas vezes aconteceu que aqueles que foram curados pelo poço junto ao túmulo dos quatro santos magnânimos de Deus, passado algum tempo acabaram perdendo sua visão, mas aqueles que eu curo uma segunda vez seguem em frente enxergando até a hora da sua morte. *(Ele descobre sua latinha.)* Eu tenho aqui apenas umas gotinhas que sobraram da água, mas com a ajuda de Deus ela vai ser suficiente pra vocês dois, então se ajoelhem agora na beira da estrada. *(MARTIN DOUL vira-se com MARY DOUL e tenta escapar.)* Podem se ajoelhar aqui, estou dizendo, não precisamos nos dar ao trabalho de ir pra igreja desta vez.

TIMMY *(Fazendo MARTIN DOUL dar meia volta, enfurecidamente)* Você está ficando louco da cabeça, Martin Doul? É aqui que vocês devem se ajoelhar. Você não ouviu que Sua Reverência está falando com você agora?

SANTO Ajoelhem-se, estou dizendo, o chão está seco aos seus pés.

MARTIN DOUL *(com aflição)* Siga em frente no seu próprio caminho, santo padre. Nós não chamamos o senhor aqui pra coisa nenhuma.

SANTO Não estou pedindo uma palavra de penitência, nem mesmo jejum, por isso vocês não têm motivos agora pra ter medo de mim, então se ajoelhem até que eu lhes conceda a visão.

MARTIN DOUL *(mais perturbado)* Nós não estamos pedindo nossa visão, santo padre, continue caminhando e nos deixe em paz no cruzamento das estradas, porque a gente fica melhor desse jeito, e não estamos pedindo pra enxergar.

SANTO (*para as PESSOAS*) Ele perdeu a cabeça a ponto de não desejar ser curado no dia de hoje, e continuar apreciando as maravilhas do mundo?

MARTIN DOUL Já vi maravilhas suficientes neste curto período da vida de um homem só.

TIMMY Ele já enxergou as maravilhas?

PATCH VERMELHO Ele está de brincadeira.

MAT SIMON Talvez ele esteja embriagado, santo padre.

SANTO (*severamente*) Nunca ouvi dizer que alguma pessoa não tivesse grande alegria em apreciar a terra, e a imagem e semelhança de Nosso Senhor refletida nos homens.

MARTIN DOUL (*levantando a voz, gradualmente*) São mesmo visões extraordinárias, santo padre... O que foi que eu vi no meu primeiro dia, a não ser os seus próprios pés sangrando e eles estavam cortados pelas pedras, e o que foi que eu vi no meu último dia, a não ser a safadeza dessa aí que o senhor vai casar com o ferreiro Timmy, que Deus tenha piedade do senhor. Essas foram visões extraordinárias talvez... E não foram visões extraordinárias ficar olhando para as estradas enquanto os ventos do norte se afastavam e os céus se tornavam hostis, e a gente enxergando os cavalos e os jumentos e até mesmo os cachorros talvez com suas cabeças penduradas e eles fechando os olhos...?

TIMMY Isso é conversa.

MAT SIMON Talvez ele esteja certo, é uma vida solitária quando os dias ficam escuros.

MOLLY BYRNE Ele não está certo. Fale o senhor agora, santo padre, e faça ele ficar sem graça.

SANTO *(vindo para perto de MARTIN DOUL e colocando a mão sobre o ombro dele)* Você alguma vez pousou seus olhos, em um verão e uma linda primavera, nos lugares onde os homens santificados da Irlanda construíram igrejas pra Nosso Senhor, e pensou que seria preferível ficar fechado no escuro sem conseguir enxergar os mares cintilantes e a carqueja se abrindo lá em cima, em pouco tempo deixando as colinas reluzentes como se fossem deslumbrantes cabaças de ouro se elevando para o céu?

PATCH VERMELHO É isso aí, santo padre.

MAT SIMON O que você tem pra dizer agora, Martin Doul?

MARTIN DOUL *(ferozmente)* E não são visões mais deslumbrantes que nós tivemos recentemente sentados no escuro sentindo os aromas doces e maravilhosos se elevando nas noites quentes e ouvindo coisas voadoras e velozes apostando corrida no ar *(o SANTO recua para longe dele)*, a ponto de enxergarmos dentro de nossas próprias cabeças um céu magnífico, e lagos visíveis, e rios alargados, e colinas esperando pela pá e o arado?

MAT SIMON *(risada estrondosa)* São canções que ele está fazendo agora, santo padre.

PATCH VERMELHO Ele ficou louco.

MOLLY BYRNE Não ficou, mas ele é preguiçoso, santo padre, e prefere não trabalhar, porque até recentemente ele estava o tempo todo se esgoelando e almejando pela luz do dia.

MARTIN DOUL *(voltando-se para ela)* Se eu estava, já enxerguei a minha cota neste curto espaço de tempo, vendo como minha esposa se parece e o seu próprio sorrisinho traiçoeiro, Molly Byrne, quando está fazendo um homem de bobo.

MOLLY BYRNE Meu sorrisinho é? Não dê mais atenção pra ele, santo padre, deixe que ele fique no escuro, que é o mais adequado para o negrume do seu coração.

TIMMY Cure a Mary Doul, Sua Reverência, que é uma pobre mulher discreta que nunca disse uma palavra dura, a não ser quando estava chateada com ele, ou com as garotas jovens fazendo ela de boba lá embaixo.

PESSOAS Isso mesmo, cure a Mary Doul, Sua Reverência.

SANTO De muito pouca serventia, talvez, vai ser ficar aqui conversando com alguém como ele, mas se você tem algum juízo, Mary Doul, ajoelhe-se aos meus pés, e eu vou devolver a visão para os seus olhos.

MARTIN DOUL *(mais desafiadoramente)* Não vai não, santo padre! Você quer que ela fique olhando pra mim, e me dizendo palavras duras até a hora da minha morte?

SANTO *(severamente)* Se ela desejar sua visão não será alguém como você que vai impedir ela. *(Para MARY DOUL)* Ajoelhe-se, estou dizendo.

MARY DOUL *(em dúvida)* Deixe a gente ficar como está, santo padre, e então vamos ser conhecidos novamente como as pessoas que são felizes sendo cegas, e teremos um tempo mais tranquilo, sem maiores perturbações na vida, ganhando uns trocadinhos na estrada.

MOLLY BYRNE Pare de ficar delirando. Ajoelhe-se e recupere sua visão, e ele que vá pedir uns trocadinhos, se ele acha que é melhor assim.

TIMMY Se você está escolhendo uma cegueira voluntária, pense que não vai existir ninguém que por acaso vai te dar uma refeição ou fazer as pequenas coisas que você certamente vai precisar fazer pra se manter viva no mundo.

MAT SIMON Se você estiver com a sua visão, vai poder manter uma vigilância pra que nenhuma outra mulher chegue perto dele de jeito nenhum.

MARY DOUL *(meio persuadida)* É verdade, talvez...

SANTO Ajoelhe-se porque eu tenho que me apressar com o casamento e seguir o meu próprio caminho antes do cair da noite.

PESSOAS *(todas juntas)* Ajoelhe-se, Mary! Ajoelhe-se quando é o santo que está mandando você fazer isso.

MARY DOUL *(olhando com inquietação em direção à MARTIN DOUL)* Talvez eles estejam certos, e eu vou me ajoelhar se o senhor quer que eu faça isso, santo padre...

Ela se ajoelha, o SANTO tira o seu chapéu e o entrega a alguém próximo a ele. Todos os homens tiram seus chapéus. Ele avança um passo e afasta a mão de MARTIN DOUL para longe de MARY DOUL.

SANTO *(para MARTIN DOUL)* Vá para o lado agora, não queremos você aqui.

MARTIN DOUL *(empurra o SANTO grosseiramente, e permanece em pé com sua mão esquerda sobre o ombro de MARY DOUL)* Fique longe, santo padre, porque o senhor não vai tirar o meu sossego junto com a escuridão da minha esposa... Com que direito alguém como o senhor vem pra um lugar onde certamente não é bem-vindo, e faz uma bagunça enorme com a água benta em seu poder e suas preces compridas? *(Desafiadoramente.)* Vá embora, estou dizendo, e deixe pra nós este lugar aqui na estrada.

SANTO Se eu estivesse ouvindo um homem que enxerga falando comigo desse jeito, eu rogaria uma praga tão escura sobre ele que iria pesar tanto na sua alma a ponto dela ir parar no fundo do inferno; mas você é um pobre pecador cego, que Deus tenha piedade de você, e eu não me importo com você absolutamente. *(Ele levanta sua latinha.)* Vá para o lado agora pra que eu conceda a benção pra sua esposa, e se você não for por vontade própria, estão aqui parados aqueles que vão fazer você ir com certeza.

MARTIN DOUL *(puxando MARY DOUL)* Vão me fazer ir, é? Bem, existe uma privação cruel nesta sua compaixão, e o que o senhor quer, vindo até aqui pra destruir nossa felicidade e hora de descanso? Levante-se contra todos, Mary, e não dê mais ouvidos a eles.

SANTO *(imperativamente para as PESSOAS)* Tirem esse homem daqui e levem ele ali pra beira da estrada.

MAT SIMON Venha agora, Martin, vamos.

PATCH VERMELHO Saia já daí e não fique falando perversidades para o santo abençoado.

MARTIN DOUL *(jogando-se no chão agarrado em MARY DOUL)* Eu não vou sair, estou dizendo, e vocês peguem essa água benta dele pra curar o negrume das suas almas hoje.

MARY DOUL *(colocando seu braço em volta dele)* Deixe que ele se tranquilize, santo padre, porque eu vou preferir viver no escuro o tempo todo ao lado dele do que ficar vendo novos tormentos agora.

SANTO Você já fez a sua escolha. Afastem ele daqui.

PESSOAS É isso aí. Ergam a cabeça dele. *(As PESSOAS o carregam para a direita.)*

MARTIN DOUL *(implorando)* Faça eles me largarem, santo padre. Faça eles me largarem, e que o senhor tenha compaixão e me perdoe por minhas palavras pagãs, e o senhor pode curar ela no dia de hoje, santo padre, e fazer tudo que desejar.

SANTO *(para as PESSOAS)* Soltem ele, se ele voltou mesmo a ter juízo.

As PESSOAS o largam.

MARTIN DOUL *(sacode-se para se soltar, apalpa em busca de MARY DOUL, baixando sua voz até chegar a um choramingo convincente)* Você pode curar ela, com certeza, santo padre, eu não vou absolutamente impedir o senhor — e é uma grande alegria que ela vai ter ao olhar para o seu rosto — mas me cure junto com ela, de modo que eu possa enxergar quando ela estiver contando mentiras, e olhando lá pra fora dia e noite para os homens santificados de Deus. *(Ele se ajoelha um pouco à frente de MARY DOUL.)*

SANTO *(falando meio que para as PESSOAS)* Os homens que vivem no escuro por um tempo longo demais e ficam remoendo pensamentos esquisitos em suas cabeças, não são iguais aos homens simples, que trabalham todos os dias, e fazem suas orações, e vivem como nós, e por conta disso é o meu papel demonstrar um amor por você tendo compaixão por aqueles que vivem em piores condições. Portanto se você voltou mesmo ao seu juízo perfeito no último minuto, eu vou te curar, se o Senhor assim o desejar, e não fique pensando nas palavras ridículas e duras que você acabou de dizer no dia de hoje pra todos nós.

MARTIN DOUL *(ouvindo entusiasmadamente)* Estou esperando agora, santo padre.

SANTO *(com a latinha na mão, próximo à MARTIN DOUL)* Com o poder da água do túmulo dos quatro santos magnânimos de Deus, com o poder desta água, estou dizendo, que eu coloco sobre os seus olhos...

Ele levanta a latinha. MARTIN DOUL com um movimento repentino golpeia a latinha na mão do SANTO e a lança feito um foguete através do palco.

PESSOAS *(com um burburinho estarrecedor)* Vocês viram o que ele fez? Oh, Deus seja louvado. Existe uma safadeza nisso, com certeza.

MARTIN DOUL *(coloca-se de pé triunfalmente, e puxa MARY DOUL para cima)* Se eu sou um pobre pecador que vive no escuro, eu tenho ouvidos aguçados, que Deus me proteja, e ouvi muito bem o barulhinho da água que o senhor tinha aí na latinha. Vá embora agora, santo padre, porque se o senhor é mesmo um santo incrível, um homem cego tem mais juízo, e mais poder talvez do que o senhor jamais imaginou. Continue caminhando agora com os seus pés desgastados, e os vergões nos seus joelhos, pois o seu jejum e seus caminhos sagrados deixaram o senhor com uma cabeça grande e um braço fino de dar pena.

PESSOAS Vá embora daqui.

O SANTO olha para MARTIN DOUL por um momento severamente, então se afasta e apanha sua latinha.

MARTIN DOUL Estamos indo com certeza, porque se alguns de vocês têm o direito de trabalhar e suar como o ferreiro Timmy, e alguns de vocês têm o direito de fazer jejum e orações e sermões abençoados como o senhor, fico pensando que temos todo o direito de continuar sentados e cegos ouvindo o vento macio remexendo as folhas pequenas da primavera e sentindo o sol, sem atormentar nossas almas com visões de dias cinzentos, e homens santificados, e pés sujos pisoteando o mundo. *(Ele vai tateando em direção à sua pedra com MARY DOUL.)*

MAT SIMON Pode ser com certeza uma coisa amedrontadora e que dá azar, fico pensando, ter um homem como este vivendo perto de nós. Ele não vai fazer com que recaia uma praga do Senhor dos céus sobre nós, santo padre?

SANTO *(amarrando seu cordão em volta da cintura)* Deus está cheio de grande misericórdia, mas de grande ira também por aqueles que pecam.

PESSOAS *(todas juntas)* Vá embora agora, Martin Doul. Vá embora deste lugar. Não permita que o poder de Nosso Senhor faça recair, talvez, grandes tempestades ou secas sobre nós. *(Algumas pessoas atiram coisas nele.)*

MARTIN DOUL *(dando meia volta desafiadoramente e apanhando seu bastão)* Fiquem bem longe agora sua cambada de choramingas, ou muito mais do que um de vocês talvez fique com a cabeça ensanguentada com a bordoada do meu bastão. Fiquem bem longe agora, e vocês não precisam ter medo, porque nós dois estamos indo embora para as cidades do sul, onde as pessoas vão ter vozes amáveis talvez, e nós certamente não vamos reconhecer a aparência perversa delas ou suas safadezas.

MARY DOUL *(desalentadamente)* Isto é verdade, com certeza, e nós temos todo o direito de ir embora, mesmo se for um longo caminho, e de seguir caminhando por entre um charco pantanoso de um lado e um charco pantanoso do outro, e a gente avançando por uma passagem pedregosa com o vento norte soprando por trás.

HOMENS Vão embora agora. Vão embora deste lugar.

MARTIN DOUL Fiquem bem longe estou dizendo. *(Ele pega na mão de MARY DOUL novamente.)* Venha agora e vamos caminhar para o sul, porque já vimos por demais o povo deste lugar, e é uma alegria irrisória que a gente iria ter vivendo perto deles, ou ouvindo as mentiras que eles contam do amanhecer cinzento até o anoitecer. *(Eles saem.)*

TIMMY Indo para o sul existe uma infinidade de rios profundos que transbordam e você tem que ficar saltando de pedra em pedra, então eu fico pensando que esses dois vão morrer afogados muito em breve, com certeza.

SANTO Eles escolheram o seu destino, e que Deus seja misericordioso com suas almas. *(Ele toca seu sino.)* E agora vocês dois entrem na igreja, Molly Byrne e ferreiro Timmy, pra que eu possa celebrar o seu casamento e derramar a minha bênção sobre todos vocês.

Ele se volta para a igreja, uma procissão se forma, e a cortina desce enquanto eles se dirigem lentamente para dentro da igreja.

CORTINA

POSFÁCIO

Domingos Nunez

Em sua curta existência de 38 anos, John Millington Synge (1871-1909) escreveu sete peças, quase todas em um período igualmente curto de menos de uma década no início dos anos de 1900. *O poço dos santos* é a primeira peça longa escrita pelo dramaturgo, entre 1904 e 1905. Ela dá continuidade, do ponto de vista formal, a um empreendimento linguístico, já experimentado em duas peças anteriores, em um ato, resultado de seu conhecimento da língua gaélica, aprendida durante os anos em que estudou em Trinity College, Dublin, e no tempo em que viveu entre os camponeses falantes dessa língua, nas ilhas Aran, no oeste da Irlanda.

A peça estreou em Dublin, em fevereiro de 1905, no Abbey Theatre, do qual Synge foi um dos diretores, ao lado de William Butler Yeats (1865-1939) e Lady Gregory (1852-1932), e provocou reações hostis por parte do público e da crítica. A produção foi atacada por ser considerada agressiva, impiedosa, perversa — e ao mesmo tempo sensual —, e por mostrar a visão trágica de Synge, que evidenciou sua pouca afinidade com sentimentalismos para enfatizar a realidade sombria do mundo e o delicado equilíbrio emocional gerado por ela. O casal de cegos sente-se frustrado ao encarar a realidade e reconhecer como as coisas realmente são "nesta puta terra" (2005, 40), reverberando a fala de Pozzo, muitas décadas mais tarde, em *Esperando Godot*, de Samuel Beckett (1906-1989) que, naturalmente, reconhece a ascendência.

Se a experiência de Synge nas ilhas Aran foi fundamental para a construção de seu projeto teatral, foi em Paris, onde Synge passou diversas temporadas na virada para o século XX, que ele se deparou com as duas correntes do modernismo que definiriam o direcionamento do seu desenvolvimento artístico: o naturalismo e o simbolismo. E embora exista quem acredite, devido aos comentários que faz em seus prefácios, que ele não tinha interesse em Henrik Ibsen (1828-1906) e no movimento naturalista, a grande maioria dos críticos de sua obra concorda que ele sofreu influência do dramaturgo norueguês e que, no decurso do processo de atentar contra o naturalismo, acabou incorporando e reformulando características inerentes a essa escola literária em seu próprio estilo individual. Nesse sentido, suas peças podem ser entendidas como variações sobre o tema da revolta, presente nos dramas de Ibsen. Ainda que de forma imperfeita e sem muito humor, a celebração da liberdade é a chave para se entender o teatro de Synge em sua essência. A arte tornou possível aquilo que a vida mostrava ser impossível. A política do trabalho de Synge emerge daí. Em suas peças há sempre uma escolha que precisa ser feita. E essa escolha, em seu sentido mais amplo, é revolucionária e se dá em um contexto polarizado onde, de um lado se encontra a comunidade burguesa e estabelecida e, de outro, aqueles que vivem no mar, nos confins da Irlanda ou na beira das estradas, como em *O poço dos santos*.

Todavia é curioso observar que, no início de sua formação, Synge parece menos interessado em teatro do que em linguística e música. Seus diários dessa época revelam pouquíssimas idas ao teatro e é somente depois de se tornar um dos diretores do Abbey Theatre que ele começa efetivamente a estabelecer seu método dramático, evoluindo rapidamente de estudante de música, línguas e literatura para homem prático de teatro. Ainda assim, como Ibsen, suas primeiras incursões no universo dramático são escritas em verso, e mesmo as primeiras peças escritas em prosa que ele consegue finalizar e produzir parecem mais destinadas à leitura do que à encenação, a despeito do sucesso que viriam a alcançar no palco. Synge chega a afirmar que seu interesse no movimento do teatro literário proposto por Yeats era que as peças curtas que escreviam buscavam ser, em primeiro lugar, literatura, e só em um segundo momento eram pensadas para a representação. Seja como for, em toda a sua evolução e produção dramatúrgica, o elemento musical e poético jamais esteve ausente; muito pelo contrário, pode-se dizer que a música é o que repousa na base estrutural da obra de Synge, e que sua interpretação do mundo se dá nos termos de uma sinfonia.

Em um dos seus prefácios Synge sugere que a melodia popular é completa em si mesma e que os poemas folclóricos necessitam que uma música seja extraída das palavras por aquele que os lê ou recita. Esse fundamento teórico se reflete na prática teatral do dramaturgo, cujos diálogos buscam alcançar a qualidade melódica da poesia, ao mesmo tempo em que preservam seu esteio sólido na prosa. Embora em suas peças de cunho folclórico ele tenha a intenção de reproduzir os padrões e traços peculiares dos camponeses de Aran que falam uma língua, mas pensam em outra, fica evidente que o resultado dos experimentos seguindo essa linha estratégica se traduz na forma de "poemas em prosa". A busca do escritor para alcançar tais objetivos é quase obsessiva e pode ser percebida com maior clareza em suas peças mais longas, em que ele reescreve cada cena muitas e muitas vezes, burilando cada sentença e cada período, equilibrando os diálogos, elucidando a ação, até atingir o resultado por ele exigido de um texto fluente e forte a ser encenado sob "as luzes da ribalta". Em suas próprias palavras, "somente dramas bons e *fortes é que* trarão até nós as pessoas interessadas em teatro" (1982, xxviii). Entre o espólio deixado por Synge, segundo o levantamento e pesquisa de uma das maiores especialistas da sua obra, Ann Saddlemyer, existem seis versões completas do primeiro ato de *O poço dos santos*, seis versões do segundo e cinco do terceiro, sem contar com uma versão completa encontrada na Universidade do Texas e os inúmeros fragmentos de outras versões que ele foi ignorando e descartando ao longo do processo.

Além disso, a preocupação do dramaturgo com a fluência de seus textos, somada às suas anotações musicais, contribuem para explicar o cuidado especial que ele tinha no que se refere à pontuação, empregada não apenas para determinar o ritmo específico das falas, mas também para emprestar a elas sentidos particulares. Em notas para os encenadores na fase de ensaios de *O poço dos santos*, Synge faz comentários instigantes e reveladores quando diz que, pela manhã, logo após as personagens terem se levantado e comido, o andamento que emprestam à narrativa é pianíssimo, e esse andamento evolui, chegando a um crescendo máximo no momento em que voltam a ficar cegos, e permanece vibrante até próximo dos vitupérios proferidos por Martin Doul em uma das últimas cenas da peça. Daí em diante o sentimento arrefece "depois de manifestações tão intensas que não foram passíveis de serem expressas só com palavras" (1982, xxiii).

Do ponto de vista da tradução, ao longo dessas duas décadas em que venho vertendo peças irlandesas para o português com o objetivo de publicá-las ou encená-las junto à Cia Ludens, certamente *O poço dos santos* foi o texto que ofereceu os maiores desafios até o momento pelas grandes dificuldades que ele apresenta. Dentre as inúmeras publicações existentes da obra do autor usei como texto base, que também me serviu de guia e inspiração, aquele que se encontra na edição organizada por Ann Saddlemyer contendo as peças do dramaturgo. Decorrentes de uma investigação meticulosa e organização rigorosa, os volumes são acompanhados, entre outras informações relevantes, de anotações valiosas sobre as muitas variáveis das diversas versões existentes, assim como comentários feitos pelo próprio Synge e observações pertinentes quanto à pontuação e construção das cenas, além de apêndices assaz elucidativos.

Em sua perspectiva formal o enredo da peça é construído a partir do empenho do escritor em reproduzir as peculiaridades linguísticas e o modo de falar dos habitantes das ilhas Aran, conhecido como "hiberno-inglês" ou "inglês da Irlanda". Gramaticalmente falando, essa opção se traduz em estruturas muito particulares no que diz respeito aos tempos verbais e às escolhas lexicais, além do uso abundante de elipses e inversões de toda ordem, praticamente impossíveis de serem reproduzidas em língua portuguesa. Mas, desde o início, nunca tive a intenção de tentar buscar equivalentes em nosso idioma empenhando-me, por exemplo, em transferir o universo linguístico de Synge e espelhá-lo em algum dos contextos regionais, tão ricos e linguisticamente tão diversos, que se multiplicam em um país continental como o Brasil. Procurei ao contrário, como em experiências anteriores, usar uma linguagem padrão que emprestasse ao texto a fluência buscada e desejada pelo autor, tanto quanto uma compreensão imediata por parte do leitor.

Seguindo essa linha de raciocínio, bem como as inferências e interesses musicais do dramaturgo, tive a preocupação de manter, até onde foi possível, as características que conferem originalidade, singularidade e expressividade não só a esta peça, mas à obra de Synge como um todo. E tais características se evidenciam nas réplicas longas que são proferidas pelas personagens e que, com bastante frequência, consistem em praticamente um único período; na repetição de vocábulos que, em algumas situações pontuais, em detrimento das peculiaridades do estilo e da pesquisa linguística feita pelo autor, foram substituídos por sinônimos para que tivessem sentido, e maior fluidez, tão cara a Synge, nos diálogos em língua portuguesa; e na pontuação, pensada para determinar com precisão os ritmos e efeitos de cada ação dentro de cada cena, tanto do ponto de vista de quem lê ou de quem se imagina assistindo a um espetáculo em potencial, em sua forma integral, conforme imaginado originalmente por seu criador.

Em alguns poucos casos a pontuação foi modificada para atender as exigências normativas do idioma português e as escolhas feitas por este tradutor; ou acrescentada, como alguns pontos de interrogação, inexistentes no texto de base devido ao fato de que em língua inglesa a simples inversão ou inserção de verbos auxiliares no início de uma sentença, antecedendo o sujeito, é suficiente para caracterizar uma pergunta. Em um ou dois momentos Synge faz uso desse artifício.

Mas, ao fim e ao cabo, caberá aos encenadores e produtores futuros se debruçar sobre o texto para fazer suas opções no que concerne ao tratamento a ser dado à linguagem, com os atores e atrizes em cena, ao ritmo e musicalidade que a peça irá adquirir, de acordo com suas concepções, estilos e preferências, e o público que almejam atingir. O teatro em tradução no Brasil possui uma dinâmica muito própria e as equipes envolvidas na montagem de um espetáculo adotam critérios com relação à forma final que o texto adquire em *performance*, baseados em inúmeras variáveis que incluem desde as expectativas das plateias que frequentam o teatro, até fatores de ordem prática, como financiamento e disponibilidade de espaços físicos. Na esteira do pensamento de Synge e de suas aspirações literárias, que ele diz eram também as dos diretores do Abbey Theatre, esta tradução foi pensada, em primeiro lugar, para ser publicada e lida, e trabalhei no sentido de seguir o mais fidedignamente possível as indicações e os compassos propostos pelo dramaturgo. Os ângulos e possibilidades envolvendo uma encenação são preocupações para um momento posterior.

REFERÊNCIAS

BECKETT, Samuel. *Esperando Godot*. Tradução de Fábio de Souza Andrade. São Paulo: Cosacnaif, 2005.

SADDLEMYER, Ann (Ed.). *J. M. Synge Collected Works, Volume III, Plays, Book 1*. Washington, D.C.: Colin Smythe, 1982.

______. *J. M. Synge Collected Works, Volume IV, Plays, Book 2*. Washington, D.C.: Colin Smythe, 1982.

CRONOLOGIA DA OBRA DE J. M. SYNGE

1901 *When the Moon has Set*

1903 *In the Shadow of the Glen*

1904 *Riders to the Sea*

1905 *The Well of the Saints*

1907 *The Playboy of the Western World*

1907 *The Aran Islands*

1909 *The Tinker´s Wedding*

1909 *Poems and Translations*

1910 *Deirdre of the Sorrows*

1911 *In Wicklow and West Kerry*

SOBRE A ORGANIZADORA

BEATRIZ KOPSCHITZ XAVIER BASTOS é membro permanente do Programa de Pós-Graduação em Inglês e Vice-coordenadora do Núcleo de Estudos Irlandeses da Universidade Federal de Santa Catarina. Compõe o Ulysses Council no MoLI — Museum of Literature Ireland —, em Dublin, e a diretoria executiva da IASIL — International Association for the Study of Irish Literatures. É graduada em Letras pela Universidade Federal de Juiz de Fora, mestre em Inglês pela Northwestern University e doutora em Estudos Linguísticos e Literários em Inglês pela Universidade de São Paulo. Desenvolveu duas pesquisas de pós-doutorado na Universidade Federal de Santa Catarina, nas áreas de teatro e cinema irlandês. Foi pesquisadora em University College Dublin, University of Galway e Trinity College Dublin. Suas publicações, como coeditora e organizadora, incluem: *Ilha do Desterro 58: Contemporary Irish Theatre* (2010); a série bilíngue A Irlanda no cinema: roteiros e contextos críticos — *The Uncle Jack / O Tio Jack*, de John T. Davis (Humanitas, 2011), *The Woman Who Married Clark Gable / A mulher que se casou com Clark Gable*, de Thaddeus O'Sullivan (Humanitas, 2013), *The Road to God Knows Where / A Estrada para Deus sabe onde*, de Alan Gilsenan (EdUFSC, 2015) e *Maeve*, de Pat Murphy (EdUFSC, 2022); Coleção Brian Friel (Hedra, 2013); Coleção Tom Murphy (Iluminuras, 2019); *Ilha do Desterro 73.2: The Irish Theatrical Diaspora* (2020); e *Contemporary Irish Documentary Theatre* (Bloomsbury, 2020). É diretora da Cia Ludens, com Domingos Nunez, e foi cocuradora da exposição *Irlandeses no Brasil*, realizada pelo Consulado Geral da Irlanda, na Biblioteca Nacional no Rio de Janeiro, em 2023.

SOBRE O TRADUTOR

DOMINGOS NUNEZ é dramaturgo, tradutor, crítico e diretor artístico da Cia Ludens. É graduado em Letras pela Universidade Federal de Santa Catarina (1988), mestre em Dramaturgia Portuguesa pela Universidade de São Paulo (1999), doutor em Estudos Linguísticos e Literários em Inglês pela Universidade de São Paulo e National University of Ireland (2003) e desenvolveu um projeto de pós-doutorado em Escrita Criativa pela Unesp/São José do Rio Preto (2017). Entre seus artigos, peças, traduções de peças e roteiros publicados em revistas especializadas e livros destacam-se: *Quatro peças curtas de Bernard Shaw* (Musa, 2009); *Coleção Brian Friel* (Hedra, 2013); *Coleção Tom Murphy* (Iluminuras, 2019); os roteiros dos filmes *The Uncle Jack* (Humanitas, 2011), *The Woman Who Married Clark Gable* (Humanitas, 2013) e *Maeve* (EdUFSC, 2020); e a peça-documentário de sua autoria *The Two Deaths of Roger Casement* (Bloomsbury, 2019). Para a Cia Ludens dirigiu *Dançando em Lúnassa* (2004/2013), de Brian Friel; *Pedras nos bolsos* (2006), de Marie Jones; *Idiota no País dos Absurdos* (2008), de Bernard Shaw; *O fantástico reparador de feridas* (2009), de Brian Friel; *Balangangueri, o lugar onde ninguém mais ri* (2011), adaptação de textos de Tom Murphy; *Bailegangaire*, versão online do texto de Tom Murphy (2021); e, de sua autoria, *As duas mortes de Roger Casement* (2016). Foi curador, com Beatriz Kopschitz Bastos, coordenador e diretor de diversas peças que integraram os quatro Ciclos de Leituras realizados pela Cia Ludens. Em 2013, recebeu a indicação ao prêmio especial da APCA pelos dez anos dedicados ao teatro irlandês e, em 2014, a indicação ao Prêmio Jabuti pela tradução das quatro peças que compõem a *Coleção Brian Friel*.

Este livro foi publicado com o apoio de

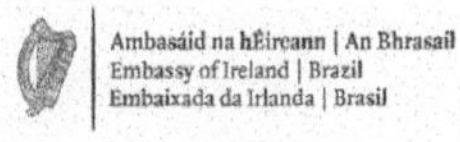

A *Iluminuras* dedica suas publicações à memória de sua sócia Beatriz Costa [1957-2020] e a de seu pai Alcides Jorge Costa [1925-2016].